ACHIM MERZ

2 ½
JAHRE
FREIGANG

novum ⬏ pro

Dieses **Buch ist** auch als
e-book
erhältlich.

Bibliografische Information
der Deutschen Nationalbibliothek:

Die Deutsche Nationalbibliothek
verzeichnet diese Publikation in
der Deutschen Nationalbibliografie.
Detaillierte bibliografische Daten
sind im Internet über
http://www.d-nb.de abrufbar.

Gedruckt in der Europäischen Union
auf umweltfreundlichem, chlor- und
säurefrei gebleichtem Papier.

© 2025 novum publishing gmbh
Rathausgasse 73, A-7311 Neckenmarkt
office@novumverlag.com

ISBN 978-3-7116-0564-1
Lektorat: Leon Haußmann
Umschlag- & Innenabbildungen:
Achim Merz
Umschlaggestaltung:
Rafael Jiménez
Layout & Satz: novum Verlag

www.novumverlag.com

Druckprodukt mit finanziellem
Klimabeitrag
ClimatePartner.com/16547-2311-1001

Inhaltsverzeichnis

Vorwort

Offenbach, den 15.1.2025

Geschätzte Leser,

es ist kompliziert. In der folgenden Geschichte werden Fragen von Schuld und Gerechtigkeit berührt, auf die es oft keine eindeutige Antwort gibt. Auch Gesetze geben uns leider keine letzte Sicherheit. Haben wir uns schuldig gemacht, oder doch nicht? Die letzte Instanz, denke ich, ist aber kein Gericht, sondern unser Gewissen.

Der Anfang dieses Kapitels meines Lebens liegt fünfundzwanzig Jahre zurück. Nachdem im Jahr 2024 in Deutschland Cannabis teillegalisiert wurde, müssen einige Aussagen deshalb im geschichtlichen Kontext gelesen werden. Die Geschichte würde aufgrund der veränderten rechtlichen Situation auch heute, da bin ich sicher, so nicht mehr geschehen.

Dieses Buch handelt von meiner Zeit als Freigänger, davon, wie es dazu kam, und den Erlebnissen in und außerhalb der Haftanstalt. Für mich kann ich sagen, dass meine Führung nicht immer astrein, aber niemals kriminell war. Die Justiz hätte dies sehr wahrscheinlich anders bewertet, aber, wie ein Blick auch in die jüngere Geschichte unseres Landes zeigt, nach einem Gesetz zu urteilen heißt nicht immer, dass man im recht ist. Leicht finden sich dafür Beispiele, wie die widerwärtigen und unmenschlichen Rassen- und Euthanasie Gesetze der NS-Diktatur, oder Gefängnisstrafen für missglückte Republikfluchten.

Ich persönlich bin froh über die Teillegalisierung von Cannabis und hoffe, dass dies zu einer erwachsenen und offenen Auseinandersetzung dieses oft viel zu heiß diskutierten Themas beiträgt. Da in vielen Ländern unserer Welt Cannabis bereits seit Längerem legal ist und die Folgen oft wissenschaftlich begleitet und untersucht werden, kann man sich als interessierter Mensch mit den daraus folgenden Ergebnissen beschäftigen. Um sich der Realität ideologiefrei zu vergewissern, wäre eine ergebnisoffene und möglichst nüchterne Herangehensweise dabei freilich von Vorteil. Und wird nicht seit ein paar Jahren bald in jedem Krimi wie selbstverständlich und folgenlos gekifft? Ein realistisches Statement der Kulturschaffenden unseres Landes, was meinen Sie?

Vielleicht wird aber die Teillegalisierung von Cannabis schon bald wieder Geschichte sein, weil es ein Merkmal wechselnder Mehrheiten in einem Rechtsstaat ist, dass es manchmal einen Schritt nach vorne und dann zwei wieder zurück geht. Ich gebe meine Hoffnung und Überzeugung aber nicht auf, dass es eine ganz neue Denkweise in Bezug auf Drogen geben kann und eine Freigabe aller möglichen dieser Substanzen, unter gewissen Umständen, in Erwägung gezogen wird. Denn wir Menschen, ich möchte sogar sagen, insbesondere Juristen und Politiker gehören, wie wir in unserer Geschichte gelernt haben und fast täglich erleben, zu den anpassungsfähigsten Geschöpfen dieses Planeten. Vielleicht führen ja dann einmal der auf uns zurollende Pflegenotstand und die damit einhergehende Kostenexplosion ein Umdenken herbei. In manchen Berufsgruppen jedenfalls ist dies längst Praxis, und nein, ich bleibe dabei und werde auch in der folgenden Geschichte keine Klarnamen nennen und niemanden und nichts verraten, was nicht bereits bekannt ist, Ehrensache. Auch weil es zu viele Beispiele in unserer Zeit gibt, bei denen der Überbringer der Nachricht bestraft wurde, und nicht deren Verursacher. Denn wie heißt es in einem chinesischen Sprichwort so schön: »Wer die Wahrheit sagt braucht ein schnelles Pferd«.

Eine nicht neue Idee ist, wer ab einem gewissen Alter seinen Führerschein abgibt, bekommt in der Apotheke rezeptfrei was er möchte. Ich spüre es, manchen Lobbyisten stehen die Haare zu Berge.

Ob sie sich nun aufregen oder zustimmend mit dem Kopf nicken, möchte ich Ihnen und mir ein schmerzfreies und glückliches Leben bis zum großen persönlichen Finale, das wir alle erleben werden, und gute Unterhaltung beim Lesen dieses Buches wünschen. Mit einem Zitat aus einer Imagekampagne für das deutsche Handwerk beende ich dieses kurze Vorwort.

»Himmel und Erde waren schon da, den ganzen Rest haben wir gemacht.«

Für meinen großen Bruder Oliver, in liebendem Gedenken

2 ½ Jahre Freigang

Mai 1999, Justizvollzugsanstalt Preungesheim

Heute ist Antrittstermin.

Vor bald zwei Jahren wurde ich verurteilt, vier Jahre wegen Marihuanaschmuggels, Bandenkriminalität, natürlich, sonst wäre die Strafe als Ersttäter angeblich nicht so hoch ausgefallen. Und Letzttäter, das sei hier schon mal vorweggenommen.

November 97, Landgericht Darmstadt

Die Kurierin ist mit Bewährung davongekommen, weil sie als erste erwischt und zwei von uns verpfiffen hatte. Ein Angebot der Justiz, Kronzeugin, in dem Fall war reden Gold. Sie erschien am ersten Verhandlungstag noch nicht mal vor Gericht. Der Vorsitzende forderte daraufhin den sie vertretenden Anwalt dazu auf, sie beim nächsten Verhandlungstag mitzubringen, immerhin sei auch sie Mitglied der Bande gewesen. An den folgenden Gerichtstagen war sie zwar anwesend, sprach jedoch kein Wort, und wurde dazu vom Richter auch nicht aufgefordert. Ihre Bewährung war bereits beschlossene Sache, die Belohnung für ihren Verrat. Ihre Strafe sollte es wohl sein, dass bei der Urteilsbegründung in ihrer Anwesenheit dieser offen ausgesprochen und allen Prozessteilnehmern und Beobachtern, die Verhandlung war öffentlich, als Begründung für ihre Bewährungsstrafe genannt wurde. Sie war allerdings die Einzige unserer sogenannten Bande, die in Deutschland bereits einen polizeilichen Eintrag wegen BtMG hatte. Wie sich während der Verhandlung herausstellte und wovon wir anderen gar nichts wussten, hatte sie in Holland auf eigene Rechnung Magic Mushrooms gekauft und ein kleines Nebengeschäft am Laufen. Um

10

jedoch die vor der Verhandlung bereits abgesprochene Bewährung nicht zu gefährden, tat der Vorsitzende so, als wüsste er gar nicht, um was es sich dabei handelt. Dies war unglaubwürdig, zudem ziemlich schlecht gespielt, und wurde durch vereinzeltes Lachen aus dem Publikum kommentiert. Damit wäre er wohl bei einem Vorsprechen als Bewerbung für eine Laien-Theatergruppe gescheitert. Dass das Strafgesetz keine Bestrafung für den Handel mit dieser Art von Pilzen vorsieht, aber für den mit Cannabis, ist zumindest bemerkenswert.

Diese psychedelisch wirkenden halluzinogenen Pilze gibt es natürlich zuhauf auf unseren heimischen Feldern und sind bei Pilzkennern unter ihrem Namen »Spitzkegeliger Kahlkopf« oder auch »Zauberpilz«, bestens bekannt. Ich würde vom Genuss abraten, da die Menge psychoaktiver Substanzen in den Pilzen stark variieren kann, Botaniker wissen das.

Dass das Strafgesetz den Kauf nicht sanktioniert, liegt wahrscheinlich an der Unwissenheit einer im Bundestag, dem gesetzgebenden Organ unseres Landes, vertretenen großen Mehrheit der Abgeordneten von Juristen und Beamten. Weil der Pilz bei uns fast auf jeder Wiese wächst, ist der Konsum allerdings auch nicht zu überwachen, weshalb einzig Aufklärung bei ernstgemeintem Gesundheitsschutz sinnvoll wäre, meine Meinung. Dass die Kurierin diese in Holland gekauft hatte, wäre also nicht nötig gewesen, zeigte damit ihr Desinteresse an botanischer Bildung, und, weil sie selbst nach A.M. Aussage ihres Anwalts diese nie konsumiert hatte, dass es ihr beim Handel damit nur ums Geld ging.

Spitzkegeliger Kahlkopf

Meine Verteidigungsstrategie, zu erzählen wie es war, spielte bei der Strafbemessung keine Rolle. Auch dass ich mich als einziger Angeklagter für die Legalisierung von Marihuana ausgesprochen habe, war eher negativ, wie mein Anwalt meinte. Ich frage mich bis heute warum, denn dann wäre unser Handeln eigentlich überflüssig gewesen, und es hätte keine Anklage gegeben. Mein Kumpel dagegen fand das Verbot ausdrücklich gut, was durchaus auch logisch war, hatte er doch einige Jahre dadurch gutes Geld verdient. Er war schon länger im Visier der Fahnder, wie sich während der Verhandlung herausstellte, und wie er wohl auch ahnte, da er in Holland bereits einmal erwischt worden war.

Das Marihuana, das man damals bei ihm gefunden hatte, wurde konfisziert, man sprach ein Einreiseverbot aus, weshalb er das Geschäft jetzt nicht mehr alleine durchziehen konnte, und ließ ihn laufen. Sein Hobby waren Oldtimer, eher kostspielig, und mein Vorschlag, zufrieden zu sein mit seinen zwei Autos, fand er wohl langweilig. Nach Wochen des Widerstands und der ständigen Fragerei müde, fuhr ich los und kaufte ein. Einer finanziert, einer kauft, einer fährt, einer verkauft, und alle bekommen den gleichen Anteil, meinte der Kumpel. Eigentlich blöd, im Nachhinein, weil hätte ich alles selbst gemacht, das weiß ich heute, hätte ich das Dreifache verdient und wäre nicht in den Knast gegangen. Aber alleine machen, wär' ich nie drauf gekommen, deshalb, mitgegangen, mitgefangen, war die Strafe rechtmäßig, wenn auch viel zu hoch. Er bekam auch vier Jahre. Weil er den vierten Mann verpfiffen hatte, wurden ihm zwei Jahre erlassen, sonst wären es, als Bandenchef und Initiator sozusagen, sechs! Jahre gewesen, meinte der Richter streng bei der Urteilsverkündung am Darmstädter Landgericht. Den beiden beisitzenden Schöffen waren die hohen Urteile sichtlich unangenehm, auf den Zuschauerbänken spürte man Bewegung und hörte Unmutsäußerungen. Nachdem sich die entstandene Unruhe etwas gelegt hatte, sagte der Vorsitzende Richter, dass wir drei zu einer Gefängnisstrafe verurteilten vom Gericht als Freigänger tauglich eingestuft werden, wodurch er das harte

Urteil abmildern wollte. Es läge an uns, durch gute Führung die Strafdauer zu beeinflussen, wodurch er einen Teil seiner Verantwortung an uns abgab. Eine,wie mein Anwalt meinte, schon vor der Verhandlung so beschlossene, gut durchdachte Inszenierung. Mit drei zu zwei Richterstimmen, die hauptamtlichen hatten die beiden Schöffen überstimmt, wurde dann das Urteil gefällt. Nachdem wir alle das Gerichtsgebäude verlassen hatten, klopfte mir der vierte Mann, der »Bankier«, 3,5 Jahre, zum Trost auf die Schulter und meinte nur, »jetzt weiß ich Bescheid«. Er wanderte vor Haftantritt aus, ich hab vergessen wohin, und heiratete.

JVA Preungesheim

So kam es also, dass ich heute Mittag am Eingangstor der Justizvollzugsanstalt klingelte und meine Haft antrat.

Zuerst saßen wir in einer Art Büro, zwei Verurteilte auf ungemütlichen Stühlen, vor uns mit ernster Miene ein uniformierter Gefängnismitarbeiter, der uns die Hausordnung vorlas. Wichtig nur die Uhrzeiten für die Mahlzeiten in der Kantine, meinte er streng, sonst hieß es ruhig Verhalten in der Zelle und auf Anordnungen warten. Jeder bekam eine Nummer, ich die 766, wenn Durchsage, dann auf Nummer achten und bei selbiger im Sprint zur Dienststelle, Gebäude B.

Er fragte noch, ob wir Drogen nehmen, und mein Leidensgenosse sagte, dass es drauf ankomme, was es so gäbe, da sah ich dann das erste Mal einen cholerischen Beamten, die Frage war aber auch doof gestellt.

Weiterstadt September 97, Untersuchungsgefängnis

Bald zwei Jahre zuvor in der U-Haft, der ich durch Verrat des vierten Mannes beim ersten Haftprüfungstermin einen Tag nach der Verhaftung hätte entgehen können, meinten zumindest die mich nach Weiterstadt fahrenden Zollbeamten, kam ich schon am ersten Tag mit Marihuana in Kontakt. Nach der Aufnahme mit medizinischer Eingangsuntersuchung, inclusive Leistencheck, wurde ich zu einer Gruppe von acht Häftlingen in einen kleinen Raum gebracht, zum Essen, und da zirkulierte als erstes mal ein Joint. Ich habe dankend abgelehnt, mir war nicht danach. Nach dem Kiffen und dem Essen kam ich zum Direktor, der mich als großen Fang titulierte, wo ich mir ein Lächeln nicht verkneifen konnte. Natürlich fragte er, was es da zu lachen gäbe und ich erzählte ihm vom gerade rumgereichten Joint. Nennen sie mir Namen, sagte er, und da tat er mir wirklich etwas leid. Er wollte mich zum Denunzianten machen, aber, ich bin sicher, er wusste ganz genau, was in diesem, seinem Gefängnis, das im März Neunzehnhundertdreiundneunzig von der RAF kurz vor seiner Fertigstellung zum Teil in die Luft gejagt wurde, alles so lief.

Die erste Nacht saß ich alleine in einer Zelle, in der das Licht nicht gelöscht wurde. Nach einiger Zeit, ich hatte mein ansonsten gutes Zeitgefühl verloren und war in einer nie gekannten Weise völlig in mir versunken, hatte ich ein bis heute einmaliges Erlebnis. In einer Art Wachtraum sah ich ein von einem auf das andere Bein hüpfendes, lachendes Männchen in meinem Körper, genauer in meinem Bauch.

Ich schlug die Augen auf, überrascht von einem Gefühl des Glücks. Diese erste Nacht gab mir Kraft, und ich begegnete dem erstaunt blickenden Schließer in einer munteren und aufgeräumten Stimmung, als er mich um sieben Uhr morgens abholte und mich in eine Zweimannzelle brachte, die ich während meiner Zeit in der U-Haft allerdings alleine bewohnte.

Wir Gefangenen hatten dort täglich eine Stunde Hofgang und konnten nach dem Essen in der Zelle noch eine Stunde im Gang unseres Traktes Tischtennis spielen, duschen oder Gespräche führen. Ich saß dann meistens in meiner Zelle bei geöffneter Tür, rauchte und spielte ein bisschen auf einer alten Wandergitarre mit abgenutzten Saiten, die mir eine Sozialarbeiterin gebracht hatte.

Zehn Tage später hatte ich den zweiten Haftprüfungstermin und wollte mich deshalb, auf Rat eines Mitgefangenen, rasieren. Tags zuvor ging ich also zu dem Gefangenen auf meiner Etage, der die Einmalrasierer rausgab, aber natürlich war er der größte Verbrecher im Trakt und wollte zehn Mark. Ich wartete, bis die Sozialarbeiterin im Flur auftauchte und hatte Glück. Sie sprach mit diesem wirklich unangenehmen Zeitgenossen, und ich nahm in ihrer Anwesenheit die Gelegenheit wahr, nochmal nach dem Rasierer zu fragen. Ich war froh, dass ich am nächsten Tag, nachdem mein Vater eine Kaution hinterlegt hatte, aus der U-Haft entlassen wurde, weil er wirklich sehr böse geschaut hat. Meine noch übrigen zwei Tabaksbeutel schenkte ich einem osteuropäischen Gefangenen, dessen Hände verkrüppelt waren, jemand hatte sie ihm regelrecht zerquetscht. Er saß manchmal bei mir, wenn ich auf der Gitarre spielte, und schaffte es trotz seiner deformierten Finger, eine Zigarette zu drehen.

JVA Preungesheim

Nachdem also die Hausordnung und die Vorhaltungen endlich vorgelesen und im strengen Ton aufgesagt waren, wurden wir beiden Neuzugänge leider in zwei verschiedene Zellen gesteckt. Die lässige Antwort meiner ersten Knastbekanntschaft hatte mir gefallen und Hoffnung gemacht, einen pfiffigen Zellengenossen zu bekommen. Dem war leider nicht so.

Als ich die Zelle betrat, wurde hinter mir abgeschlossen. Das allein hätte schon genügt, meine bis dahin eher von Neugier geprägte Stimmung zu dämpfen, aber was ich jetzt zu sehen und zu riechen bekam, löste in mir einen sofortigen Fluchtreflex aus. Ich hatte praktisch im selben Moment vergessen, dass die Tür verschlossen war, denn ich versuchte tatsächlich, sie zu öffnen, um aus diesem Raum, und dem in ihm herrschenden Geruch nach kalter Asche, Schweiß und Müll zu fliehen. Nach wenigen Augenblicken wurde mir dann auch noch die schlimmste Sinnesqual bewusst, der krachend laute Fernseher und das laufende

RTL-Programm. Einen Moment lang war ich völlig desorientiert, ich stand unter Schock.

Der vielleicht zehn Quadratmeter große Raum bestand aus einem Etagenbett, einem kleinen Tisch, auf dem die Glotze stand, einem kleinen Kühlschrank und einem Spind. Das Fenster war blind und an der Decke hing eine Glühbirne, die einzige Lichtquelle.

Nach etwa zwei Stunden, in denen ununterbrochen der Fernseher kreischte und hier und da mein Zellengenosse etwas sagte, wie »Ich bin froh hier zu sein, meine Alte, die blöde Sau, mal nicht zu sehen«, oder »Das ist ein echter scheiss Fraß hier, aber besser als von der Schlampe«, und ich völlig erschöpft auf der oberen Matratze des Hochbetts saß und angestrengt versuchte, mich auf mein mitgebrachtes Buch zu konzentrieren, wurde die Tür aufgeschlossen.

Wir durften in die Kantine zum Essen laufen, und ich fühlte sowas wie Erlösung.

Mein Zellengenosse, wie sich später herausstellte, ein Zuhälter aus Darmstadt, hatte, das muss man ihm lassen, nicht übertrieben. Das Essen war scheußlich, aber dass seine Frau noch schlechter kochen würde, konnte nicht wahr sein. Jetzt fühlte ich sowas wie Verzweiflung.

Erst ein Schock, dann Erlösung, dann Verzweiflung, ziemlich große Emotionen innerhalb kürzester Zeit, wenn das so weitergeht, dachte ich, und bereute zum ersten Mal ehrlich meine Taten, ohne schlechtes Gewissen.

Landgericht Darmstadt

Nicht gut, denn Knast ist jedenfalls doppelt anstrengend, wenn man denkt, nichts Unrechtes, oder wenigstens Schlimmes getan zu haben. Ich dachte nämlich, das alles sei mehr ein Fehler im System als mein eigener. Der Richter jedoch beharrte auf seiner Ansicht, wir würden durch unsere Taten Kinder zu Junkies machen, aber wir haben, entgegen seiner Andeutungen, niemals vor Schulen an Minderjährige Gras verkauft. Kompletter Unsinn sowieso, aber er wollte sich einfach nicht vom Gegenteil überzeugen lassen. Ich habe dann noch aus einer vom Statistischen Bundesamt 1998 herausgegebenen Erhebung der Bundesregierung vorgelesen, indem die Zahlen zum Vorjahr, auch den Drogenmissbrauch betreffend, zusammengefasst waren. Danach über 50 000 Tote durch Alkoholkonsum, 0 Tote durch Cannabis. Nicht zu vergessen, versuchte ich es noch, die von alkoholisierten Menschen ausgehende öffentliche und häusliche Gewalt, über die ebenfalls in dieser Veröffentlichung referiert wurde. Unser Richter, meine Mutter meinte, ihm sehe man seine Sucht an der zerschundenen Nase des Trinkers an, sagte, dass Alkohol nicht verboten sei, und damit war das Gespräch über den für Nichtjuristen etwas willkürlich anmutenden Unterschied zwischen Alkohol und Marihuana in der Rechtsprechung beendet.

So kann es sein, dass jemand Recht spricht, ohne recht zu haben, sagte ich noch, und verwies auf die Todesurteile während des Naziregimes wegen Hörens des falschen Radiosenders oder auch mal für das Stehlen eines Huhnes. Der Richter fasste das als eine nicht zur Sache gehörende Belehrung auf und wies mich zurecht, belehren durfte hier nur er.

Wahr ist, mein Kumpel hat das Marihuana an kiffende Freunde und Bekannte verkauft, weil wir die unverschämten Preise auf dem Schwarzmarkt nicht bezahlen wollten. Bei bald jedem Dope-Kauf wurden einem außerdem andere weit gefährlichere Substanzen angeboten, und es war oft ziemlich anstrengend, dem Dealer klarzumachen, dass man kein Interesse daran hatte. Alles Gründe für mich, so überredete ich mich dann selbst, bei dieser dämlichen Aktion mitzumachen. Natürlich haben wir für die geleistete Arbeit auch ein Honorar erhoben, aber viel weniger als mein schlechter Anwalt, ich schwöre. Verurteilt wurden wir dann wegen bandenmäßiger Kriminalität in Form von mehrfacher Einfuhr unerlaubter Substanzen, der Vorsitzende sagte nicht explizit Marihuana, also einem Zollvergehen, sowie dem Handel mit verbotenen Substanzen, er sagte wieder nicht explizit Marihuana. Nimmt man dies wörtlich, hatte ich nichts von alledem getan, da ich das Gras nur in Maastricht eingekauft hatte. Das wäre vor Gericht vielleicht eine Erwähnung wert gewesen, aber mein Anwalt hat dazu nichts gesagt.

Ich nehme an, dass auch unser Fall in der Kriminalstatistik Eingang gefunden hat, vermutlich als ein Beispiel für einen gelungenen Schlag gegen das organisierte Verbrechen und somit für die Effektivität von Justiz- und Ermittlungsbehörden. Das wir in echt eigentlich kleine Fische waren, die ausschließlich mit kleinen Mengen weicher Drogen gehandelt hatten, wurde, sehr wahrscheinlich zur Rechtfertigung der hohen Strafen unter den Tisch gekehrt. Setzt man sie ins Verhältnis des geschätzten Konsums in Deutschland, könnte man so über den Daumen gepeilt sagen, dass es sich bei der von uns insgesamt vertriebenen Menge Marihuana um ein Pfund Kaffee im Verhältnis zu der Jahresproduktion einer großen Kaffeeplantage handelte.

JVA Preungesheim

Nach den ersten drei freudlosen Tagen, das RTL-Programm lief den ganzen Tag, nur unterbrochen vom Gang zur Kantine, den drei schrecklichsten Nächten meines Lebens, in denen ich von Alpträumen geplagt aufwachte und den Zuhälter stöhnen hörte, erwachte mein Kämpferherz.

Ich musste raus aus dieser Zelle und ich hatte eine vage Idee.

Es gab eine interne Arbeitsvermittlung im Gefängnis. In dieser wurde einem eine Arbeit innerhalb der Anstalt zugewiesen. Hatte man sie, war man nicht mehr den ganzen Tag eingeschlossen. Das Problem, man konnte erst nach der medizinischen Eingangsuntersuchung hingehen, so hieß es, und die war erst nach zirka zwei Wochen. Nach dem Essen war vor Einschluss in die Zelle noch eine Stunde Freigang auf dem Gelände, die ich bisher zum Lesen an der frischen Luft und telefonieren genutzt hatte, noch nie zuvor hatte mir eine Stunde so viel bedeutet.

Am vierten Tag, ich hatte in der Kantine eine extra Scheibe Brot mit Butter gegen ein paar Zigaretten getauscht, machte ich mich zu dieser Stunde auf den Weg zur internen Arbeitsvermittlung, Gebäude C.

Hinter einer Art Theke stand ein Schließer in Uniform, ohne Krawatte, und sah mich ungläubig an. Er wollte den Laufzettel sehen, der mich aufforderte, mich in der Arbeitsvermittlung zu melden, den ich natürlich nicht hatte. Er drehte seinen Kopf um neunzig Grad und rief nach seinem Kollegen Paul, er solle kommen, das hatte es noch nicht gegeben. Ein Gefangener, der arbeiten möchte, ohne Aufforderung, was sagt man dazu. Tja, sagte ich etwas verlegen, mir sei etwas langweilig und vielleicht ließe es sich ja einrichten, in der Gärtnerei sei viel Arbeit, habe ich gehört, die Zwiebeln müssten in die Töpfe, und ich sei bereit.

Die beiden verließen den Raum und es dauerte ewig, bis sie wiederkamen. Ich dachte, nun würde man mich in die berüchtigte 13 stecken, eine angeblich kalte Zelle im Keller mit uralter, verlauster Matratze, reserviert für widerspenstige, redundante Geister, die den Regeln nicht folgen wollen und daher gemaßregelt werden müssten. Noch blieb mir die Bekanntschaft damit jedoch erspart, sie sollte erst viel später folgen.

Mein Plan aber hatte Erfolg, Paul kam zurück und sagte im strengen Ton, »morgen Früh um acht Uhr pünktlich melden in der Gärtnerei, wegtreten.« Obwohl ich in meinem früheren Leben eher ein Langschläfer war, damit war es allerdings seit dem Haftantritt vorbei, wecken um sechs Uhr dreißig, freute ich mich ehrlich auf den nächsten Morgen. Nun war ich zumindest tagsüber, ja das Gefühl hatte ich, befreit, und meine Sinne konnten sich von den Torturen in der Zelle erholen.

Die Arbeit in der Gärtnerei war ruhig und einsam. An verschiedenen Enden des großen Gewächshauses stehend machten wir Gefangene mit gesengten Köpfen und erdigen Händen unsere etwas eintönige Arbeit. Zum Reden standen wir zu weit entfernt, aber die Luft war herrlich und man konnte kurze Pausen machen, in denen man Zigaretten rauchte und sich gegenseitig versicherte, dass das Essen heute einfach nicht schlechter als gestern sein könnte.

Der Beamte, der die Arbeit anleitete, war ziemlich in Ordnung. Geduldig zeigte er uns, was zu tun war und ließ auch hier und da ein Lob fallen. Kein schlechter Job, dachte ich, verbeamteter Gärtner. Aus irgendeinem Grund erinnere ich mich gerade an meine Großmutter, die mir mal geraten hatte, Bankbeamter zu werden. Sie hatte zwei Kriege und einige Währungskrisen erlebt, da möchte man dann schon auf Nummer ganz sicher gehen.

Die Nächte wurden etwas besser, die körperliche Arbeit machte mich müde und ich schlief trotz komplett nervigem Fernsehprogramm, ich hatte mir angewöhnt, meine Ohren mit Klopapier so gut es ging zu stopfen, irgendwann ein.

Nach zwei Wochen kam die Aufforderung zur ärztlichen Untersuchung. Ich war froh, dass es diesmal eine Ärztin war, aber ich gebe zu, dass mich deshalb die Vorstellung einer Leistenbruch-Untersuchung etwas nervös machte, aber sie fand nicht statt. Wahrscheinlich war der Arzt im Untersuchungsgefängnis doch vom anderen Ufer, ich hatte schon damals den Verdacht. Jedenfalls teilte sie mir lachend mit, dass endlich mal ein Delinquent völlig gesund und somit für den Küchendienst geeignet sei. Als ich ihr auch lächelnd sagte, dass daraus leider nichts wird, da ich schon zur Gartenarbeit abkommandiert war, schaute sie mich ganz erstaunt an und meinte, wenn das so sei, wolle sie dem nicht entgegenstehen. Sie hätte es gekonnt, das war mir klar, und meinen dankbaren Blick erwiderte sie mit einem Schmunzeln. Die Arbeit in der Kantine konnte man nur dann aushalten, wenn der Geruchsinn tot war, das wussten wir beide. Trotzdem war es eine Machtposition, denn ob Würstchen in der dünnen Suppe schwammen, entschieden die zum Frondienst verurteilten, und das ließen sie sich mit Zigaretten und Süßigkeiten bezahlen.

In der dritten Woche kam es zu zwei Begegnungen, die die nächste Zeit meines Lebens im Gefängnis beeinflussen sollten. Die erste fand auf dem Weg zum Telefonhäuschen statt, es standen vier davon im Gefängnishof.

Gerade hatte ich zwei fünfzig Pfennig Stücke für zwei Mark gekauft, es gab noch viel zu lernen, da sah ich einen Herrn zielstrebig auf mich zulaufen. Dass er kein Insasse war, erkannte man auf hundert Meter an den Klamotten, und aus der Nähe am Geruch. Er blieb vor mir stehen, musterte meine auf die Gefängnisjacke genähte Zahl und sprach mich mit meinem Namen an. Er wäre mein zuständiger Sozialarbeiter, Herr Goldmann, und es gebe in ein, zwei Wochen einen Termin, dann könnten wir uns unterhalten. Ich sagte ihm, dass dies aber sehr lange hin sei, denn Gefängnis sei vielleicht auszuhalten, wenn auch in meinem Fall übertrieben, aber Folter sei in Deutschland verboten. Er schmunzelte und fragte, wer mich denn foltern würde, und ich sagte ihm, mein Zellengenosse, und ob er schon einmal acht Stunden am Stück RTL Fernsehen habe schauen müssen, und das über Wochen, und ich rate von einem Selbstversuch dringend ab. Na, mal sehen, meinte er lachend und verabschiedete sich.

Ich war froh, das mal einer dienstlichen Person gesagt zu haben, aber was dann geschah, überraschte mich doch.

Zwei Tage später, ich mähte gerade seit einer Stunde mit einem kleinen motorisierten Handmäher ein großes Rasenstück an der südlichen Gefängnismauer und hatte noch nicht mal die Hälfte geschafft, sah ich Marco, Nummer 802, händewinkend auf mich zu rennen. Ich machte die Maschine aus und er rief schon von Weitem, ob ich nicht gehört hätte, man ruft mich schon seit einer halben Stunde aus, ich solle auf die Dienststelle, das wird die 13, meinte er, wenn ich Glück hab.

Pech, das wusste ich, war eine zeitweise Abschiebung nach Butzbach, einem schlimmen Knast, wie ich schon gehört hatte, für einige Wochen Einzelhaft. Zwei, die ich kannte, hatten im Freigang das Gurkenwasser gegen Wodka getauscht und sind dann zu Silvester nachmittags singend über den Gefängnishof getorkelt. Am nächsten Tag wurden sie wohl demonstrativ im Gefängnisbus abtransportiert und man sah sie erst sechs Wochen später wieder. Sie verloren ihren Arbeitsplatz, was den

Verlust ihrer Freigängerprivilegien bedeutete, die sie dann erst drei Monate später wieder über einen Sozialarbeiter beantragen konnten. Marco stand vor mir und sah verzweifelt aus, er war einer von den beiden und hatte mir davon erzählt.

Ich sagte ihm, dass ich nichts gehört habe wegen dem Rasenmäher und machte mich auf den Weg. Und trotzdem ich völlig unschuldig war, hatte ich ein schlechtes Gewissen, das bringen die einem hier bei.

Ich betrat die Dienststelle zum ersten Mal. Nach dem Eingang war linker Hand ein gepanzertes Glas mit kleinen Löchern drin, durch die man reden konnte. Ich stellte mich also davor, sagte meine Nummer und dass man mich ausgerufen hat.

Der Beamte hatte zwei goldene Backenzähne, die ich gut sehen konnte, weil er mit aufgerissenem Mund an der Scheibe klebte und sehr laut fragte, wo ich gewesen sei, er war kurz davor, die Fahndung einzuleiten, und ob ich von allen guten Geistern verlassen sei, man habe stante pede hier zu sein, da gibt es nichts zu entschuldigen, die Konsequenzen müsste ich nun tragen, was mir eigentlich einfiele. Endlich musste er Luft holen und ich sagte, dass ich in der Gärtnerei arbeite, den Rasen gemäht habe und ihn deshalb nicht hören konnte. Ich zeigte auf meine grün schimmernden Schuhe, an denen frisch gemähtes Gras hing. Den kurzen Moment der Überraschung nutzte ich, um zu beteuern, dass es mir nicht einfiele, ihn herauszufordern, und ich einfach nichts dafür könnte, ihn nicht gehört zu haben. Der Beamte sah mich an, ging zu seinem Stuhl, setzte sich und nach einer kurzen Pause, in der wir beide wohl vor Erschöpfung nichts dachten, sagte er, dass ich ab morgen im Freigängerhaus wohne, ein eigenes Zimmer mit Schlüssel, die Anstaltsleitung habe das auf Anfrage von Herr Goldmann genehmigt. Ich könne nun gehen und morgen früh pünktlich um acht Uhr hier sein, mit persönlichen Sachen.

In meinem Kopf flogen die Gedanken, das Freigängerhaus, nach drei Wochen, ich war das erste Mal glücklich, seitdem ich hier war. Kein RTL mehr, kein Rudi, ein Schlüssel und das Beste, eine Gemeinschaftsküche, selber kochen. Eins nach dem anderen, ein Lichtblick, dachte ich und ging zum Freigängerhaus, einen Blick riskieren für die Vorfreude.

Freigänger arbeiteten außerhalb des Gefängnisses. Manche Insassen hatten schon einen Arbeitsplatz, wenn sie sich vor Haftantritt selber einen organisieren konnten. Peter zum Beispiel, meine erste Bekanntschaft im Freigängerhaus, hatte für einen großen Automobilhändler als Verkäufer gearbeitet und als solcher einen teuren neuen Audi, der auf dem großen Außengelände geparkt war, verkauft, allerdings ohne seinem Chef davon zu erzählen. Er meinte, er habe gehofft, dieses Geld sozusagen als Kredit zu nehmen und peu à peu zurück zahlen zu können, bevor jemand was merkt, hat aber nicht geklappt.

Er wollte seiner Frau und seinen zwei Kindern mal etwas schenken, Schmuck und eine Reise. Immerhin haben sie ihn erst am Frankfurter Flughafen festgenommen als er von dieser aus Spanien zurückkam. Nun arbeitete er wieder beim selben Autohändler, schließlich kannte er das Geschäft, zweite Chance und so, natürlich für ein wesentlich geringeres Gehalt, denn Strafe muss sein. 2 Jahre und 3 Monate hat er bekommen, nur keine Bewährung. Nach drei Monaten im Knast durfte er dann loslegen in seiner alten Arbeitsstätte. Das vom monatlichen Gehalt übrig gebliebene Geld gab er seiner Familie. Viel war es wohl nicht, denn er musste offene Schulden für den Audi, den Anwalt und die Gerichtskosten in Raten zurückzahlen.

Im Laufe der Zeit konnte ich feststellen, dass bestimmt mehr als die Hälfte aller Häftlinge im Freigängerhaus wegen eines Deliktes mit Autobezug einsaßen. Manche hatten Luxuskarren geklaut und ins Ausland verkauft, einer hatte öfters im Suff Unfälle gebaut, allerdings nie mit einem eigenen Auto. Einen gehörigen Alkoholpegel hatten wohl die meisten, von wegen coole Kriminelle. René zum Beispiel erzählte mir, dass er noch nie einen Führerschein gemacht hatte, aber stolz darauf sei, in zwanzig Jahren als Taxifahrer keinen Unfall gebaut zu haben. Man hatte ihn bei einer Fahrzeugkontrolle erwischt, seine Rücklichter hatten den Geist aufgegeben. Damals gab es noch keine Computer, die den Fahrer darauf aufmerksam machten. Natürlich hatte er auch über ein Promille, und leider kam heraus, dass seine Fahrerlaubnis gefälscht war.

Und Gino, der vierte Mann unserer Freigänger Skatrunde, hatte im etwas größeren Stil Produktfälschung betrieben und jahrelang Faksimile, angeblich aber originale Autoteile, zu überhöhten Preisen verkauft. Wie er mir freimütig erzählte, hatte er mit der Masche ein kleines Vermögen verdient und dieses bereits in Italien in Immobilien gesteckt. Er arbeitete bei seinem Onkel in einer Pizzeria, kein schlechter Job, obwohl er meistens um sieben Uhr morgens die Haftanstalt verließ, und versorgte das halbe Freigängerhaus mit original italienischer Salami, wofür ich meine Hand aber nicht ins Feuer legen möchte, könnten auch Replikas gewesen sein.

Die Autobranche jedenfalls, das kann ich hier mit Fug und Recht feststellen, ist auch im Knast ein wirklich großer Arbeitgeber.

Hatte man keinen Arbeitsplatz, ist aber vom Gericht als Freigänger tauglich eingestuft worden, halfen einem Knast-Inspektoren bei der Suche nach einem Job. Viele der Häftlinge arbeiteten in großen Kühlhallen von Lebensmittelgroßhändlern, in denen Tiefkühlkost gelagert wurde. Auch im Sommer standen einige mit Skijacke am Gefängnistor, an dem man den Knast morgens verließ und abends wieder reinkam.

Ich hatte mir vor Haftantritt lange Gedanken gemacht wo ich arbeiten könnte. Meine Situation war nicht gerade vielversprechend, um nicht zu sagen ziemlich hoffnungslos. Bisher hatte ich während des Studiums, abgebrochen vor dem Examen, einige Jahre in einer Zeitungsdruckerei gearbeitet, danach drei Jahre für die Kunstsammlung einer großen Bank Fotokunst archiviert und knapp zwei Jahre durch Vermittlung meines Bruders für das Fernsehen als Reporter gearbeitet. Der Job war bestens bezahlt, aber auf Dauer langweilig und, es wurde wirklich jede Gelegenheit, Geburtstage, Namenstage oder Jubiläen genutzt, um die Korken knallen zu lassen. Nach zwei Monaten beim Sender fing ich an zum Frühstück Ölsardinen zu essen, um dem Alkohol den Weg in meine Blutbahn zu erschweren. Eines Tages kam ein Kollege mit drei Flaschen Sekt in die Redaktion und ich fragte, wie immer, was es heute zu feiern gäbe? Nichts sagte er, und, wenn das mal kein Grund wäre.

Seitdem ich als sechzehnjähriger Schüler das erste Mal in den Schulferien in einem Landschaftsbauunternehmen gearbeitet hatte, habe ich viele Jobs in allen möglichen Unternehmen gemacht. Aber auch nach meiner Schulzeit habe ich doch nach spätestens drei Jahren begonnen, mich nach etwas Neuem umzusehen, ich mochte Abwechslung und hatte keinen Ehrgeiz, Karriere zu machen.

Ich erinnere mich noch gut an meinen allerersten Arbeitstag für Lohn beim Garten-Landschaftsbauunternehmen Kasper. Hinter dem riesigen Schreibtisch saß ein ebenso riesiger Mann, der mich etwas skeptisch musterte, wahrscheinlich weil ein Schneider aus dem Stoff seiner Klamotten für mich drei Anzüge hätte anfertigen können.

Er ging mit mir in die Garage und warf mir einen Sack zu, als sei dieser mit Vogelfedern gefüllt. Ich rechnete nicht mit dem Gewicht, und meine zum Fangen ausgestreckten Arme klappten nach unten, und der schwere, mit Zement gefüllte Sack landete auf meinen Fußspitzen. Den Vormittag verbrachte ich damit, Kieselsteine eines Schotterweges auf einen Hänger zu schaufeln, und schon vor dem Frühstück um halb Zehn war ich körperlich am Ende. Nach dem Essen brachte er mich zu einem völlig verwilderten Garten, lud einige Garten Werkzeuge ab und meinte, ich könne versuchen, Unkraut zu jäten und überhaupt dieses Stück Erde wieder in einen aufgeräumten Zustand zu versetzen, zum Beispiel die nützlichen Beete für Bohnen oder Tomaten, und auch die Wege wieder sichtbar zu machen. Er hätte noch woanders zu tun und käme in vier Stunden zurück, um mich abzuholen. Als er wieder kam, spazierte er durch den Garten, nickte anerkennend und sagte, da haben wir ja doch noch etwas gefunden, womit ich bei ihm mein Geld verdienen könnte. Völlig erschöpft kam ich nach Hause und meine Mutter schnitt mir, ich war in voller Klamotte auf der Wohnzimmer Couch eingeschlafen, mit einer Schere die Gummistiefel von den geschwollenen Füßen. Ich arbeitete drei Wochen für Mattes in seinem Betrieb. Mit dem verdienten Geld trampte ich mit einem Freund in meine ersten Ferien ohne Eltern nach Südfrankreich und an die Costa Brava. Dort rauchte ich dann, ich war sechzehn, meinen ersten Joint in dem schönen Fischerdorf Cadaqués, drei Jahre nach dem Ende der Franco Diktatur. Mein Freund, mit dem ich diese Reise unternommen hatte, wurde später Polizist und war keine dreißig Jahre alt, als er zu einem Familienstreit gerufen und von einem wütenden, besoffenen Idioten erschossen wurde.

Mein erstes Bier trank ich übrigens mit vierzehn im Kloster Andechs, in Begleitung eines Erwachsenen, bis heute in Deutschland erlaubt, von wegen Einstiegsdroge. Das hat mich aber eine halbe Stunde, nach dem ich es getrunken hatte, auf demselben Weg wieder verlassen.

Die Zeit der Haftverschonung

Nach dem Gerichtsverfahren hatte ich eine Ausbildung zum Tontechniker begonnen, da ein Termin für den Haftantritt noch nicht vorlag. Bis zum Abschluss an der Schule, eineinhalb Jahre später, wurde ich dann verschont. Einige Tage nach der theoretischen Prüfung, leider durchgefallen, trat ich meine Haft an. Für die praktische Arbeit hatte ich die beste Note des Jahrgangs erhalten, hat aber nicht geholfen. Dem Schulleiter tat das irgendwie leid und er lud mich zu einem persönlichen Gespräch in sein Büro zu einer Tasse Kaffee ein. Er drückte sein Bedauern aus, dass er mir trotz der wirklich schönen Aufnahme eines Musikstückes, danke an der Stelle auch an einen befreundeten Musiker, kein »Bestanden« in mein Zeugnis schreiben konnte. Ich fragte ihn, ob er lieber mit einem Piloten fliegen würde, der das Flugzeug fliegen kann, oder lieber mit einem, der theoretisch eins bauen könnte. Er meinte, es seien halt die Regeln, beides zu mindestens fünfundsiebzig Prozent zu können, und er müsse sich daran halten. Aber ich könne doch die theoretische Prüfung wiederholen, sind ja viele, die sie im ersten Anlauf nicht schaffen. Der nächste Termin ist in sechs Monaten, er würde mich gerne auf die Liste setzen. Er wusste nicht, dass ich ein paar Tage später meine Haft antreten musste, es gab auch keinen Grund, ihm davon zu erzählen. Ich erfand eine kleine Notlüge, von wegen einer lang geplanten Reise, aber vielleicht zu einem späteren Zeitpunkt, wenn möglich. Nicht sehr überzeugend, aber er sagte, wenn du bereit bist, und so verabschiedete ich mich und ging.

In dieser Zeit, während der ich also die Ausbildung an der Tontechniker Schule gemacht und parallel einen Job als Angler bei einer Nachrichten-Produktionsfirma hatte, bei dem ich den Mikrofongalgen hielt und ein Tonbandgerät an einem Schultergurt trug, saß ich manchmal in meiner Lieblingsbuchhandlung und dachte darüber nach, wer mir als Gefängnisinsasse einen Job geben würde, als mich eine Buchhändlerin fragte, ob sie mir weiterhelfen könnte, »nein danke«, sagte ich.

Wieder verging einige Zeit des Grübelns, und um abzuschalten half es mir nur, Musik zu machen oder ein Buch zu lesen, als mir meine letzte Begegnung mit der Buchhändlerin wieder einfiel.

Und so kam es, dass ich nach Tagen inneren Kampfes und dem Zuraten meines Bruders in die Buchhandlung ging und fragte, ob ich die Geschäftsführerin sprechen könnte.

Frau Rademann bat mich, Platz zu nehmen, und fragte sehr freundlich nach meinem Anliegen. Das sei wahrscheinlich etwas ungewöhnlich, antwortete ich, ob sie ein paar Minuten Zeit hätte für meine Geschichte, und dass es mir nicht leicht fiele, ihr diese zu erzählen. Als Leseratte hatte sie diese Eröffnung wohl neugierig gemacht, sie nickte mir aufmunternd zu und meinte »Nur gerade heraus«. So begann ich mit meinem bestimmt zwanzigminütigen Bericht darüber, was mich zu ihr geführt hatte.

Sie hörte mir aufmerksam zu, das konnte sie wirklich gut, und ich erzählte, ohne unterbrochen zu werden. Es tat gut, dies alles einem fremden Menschen anzuvertrauen, ich vergaß, warum ich eigentlich dort war, und schüttete mein Herz aus. Als ich endete, merkte ich, wie mein Gesicht rot anlief. Frau Rademann sagte nichts, und ich hätte mich gerne in Luft aufgelöst.

Nach einiger Zeit, es kam mir sehr lange vor, und ich dachte komischerweise, ob ich noch gut rieche, sagte sie, dass sie mir nichts versprechen kann. Sie könne das nicht entscheiden, nicht alleine und müsste sich die Sache durch den Kopf gehen lassen, und die Geschäftsführer der Buchhandlungskette jedenfalls informieren und ihre Meinung dazu einholen. Bis dahin solle ich einen handschriftlich verfassten Lebenslauf auf drei Seiten schreiben, hier vorbeibringen und mir bitte keine großen Hoffnungen machen, weil dies sei ein Präzedenzfall für sie und daher Ausgang ungewiss.

Als ich die Buchhandlung verließ, war ich froh. Ich hatte mich überwunden, einen vielleicht aussichtslosen Schritt gewagt, es fühlte sich an wie ein bestandenes Abenteuer, und obwohl ich nichts erreicht hatte, fühlte ich mich gut. Den Lebenslauf schrieb ich und gab ihn einer Buchhändlerin, für Frau Rademann stand darauf, es war eine kurze Geschichte meines grandiosen Scheiterns. Ich hatte schon überlegt, ihn nicht abzugeben, keine Chance, dachte ich, du machst dich lächerlich. Aber ich wollte nicht kneifen, nicht vor Frau Rademann, und ich wollte auch weiterhin hier ein Buch kaufen können. Zwei Wochen später, ich hatte die Hoffnung schon aufgegeben, rief sie mich an und bat mich, in die Buchhandlung zu kommen.

Nur wenige Rechtschreibfehler auf drei Seiten, das sei gut, sagte sie, die Form auch, der Inhalt na ja. Zwei ihrer Mitarbeiterinnen hätten mich erkannt, als Kunden, Mark Twain, hätte sich eine erinnert. Ob ich denn viel lese, fragte sie mich, und ich war eigentlich ziemlich nervös und sagte nur, schon, ja.

Sie saß mir gegenüber und schaute so ernst, dass ich fest mit einer Absage rechnete. Zeige Rückgrat, sagte ich mir, bedanke dich und gehe, besser ohne ihr die feuchte Hand zu geben.

Wir wollen es versuchen.

Die Geschäftsleitung hat ebenfalls, nach Bedenkzeit und einer positiven Einschätzung des Leiters der Hauptfiliale, wie ich später erfuhr, ein Schulfreund meines Bruders, zugestimmt.

Ich hörte sie reden, aber verstand kein Wort. Erst als sie mich fragte, wie es denn jetzt weitergeht, wurde mir klar, was gerade geschehen war, und ich sah auf den Boden, damit sie meine feuchten Augen nicht sah. Sie sagte nur Kopf hoch, das bekommen wir bestimmt hin. Wenn ich möchte, könnte ich die Tage vorbeischauen und sie würde mich im Geschäft herumführen. Auch wenn ich es sicher schon kenne, gibt es bestimmt einige unbekannte Ecken, dann können wir die nächsten Schritte besprechen, sie wüsste ja nicht, was nun zu tun sei. Sie stand auf und sagte, ich könne mir nebenan im Bad das Gesicht waschen, und schob mich behutsam aus ihrem Büro.

JVA Preungesheim

Mit dem Umzug ins Freigängerhaus bekam ich eine neue Nummer, die 822. Es war dieselbe wie die auf meiner Tür, nun mein Zuhause für längere Zeit. Acht Quadratmeter, ein Bett, ein Tisch, ein Schrank, ein kleiner Kühlschrank und ein Fenster. Wenn ich hinaussah, schaute ich auf ein Stück Rasen vor einem fast vier Meter hohen Zaun, der einen geschlossenen Trakt im Gefängnis umschloss. Es war ein Knast im Knast mit eigenem Hofauslauf und eigener Kantine. Die Insassen waren vom Gelände der restlichen Haftanstalt getrennt, man bekam nur selten einen Häftling zu Gesicht und die Zufahrt zu diesem Trakt war eigens gesichert. Wie ich hörte saßen dort die schweren Jungs ein die einige Zeit vor ihrer Entlassung aus Hochsicherheitsgefängnissen dorthin verlegt worden waren, um die Kontakte und gepflegten Freundschaften zu anderen Inhaftierten zu unterbrechen und Planungen möglicher gemeinsamer illegaler Aktivitäten Vorschub zu leisten. In der Leistungsbeschreibung der JVA heißt es:

Die JVA Frankfurt IV ist zuständig für Männer im offenen Vollzug, für Freiheitsstrafen für Männer im geschlossenen Vollzug, für Kurzstrafen, sowie für vollzugsöffnende Maßnahmen für geeignete Gefangene aus den Justizvollzugsanstalten Butzbach und Weiterstadt.

Einer der eine Kurzstrafe absitzen musste war Manfred. Seit vier Jahren Obdachlos erwischte man ihn während eines Jahres zwanzig Mal beim Schwarzfahren, und für die neunhundert Mark Strafe musste er nun für drei Monate, neunzig Tagessätze zu zehn Mark, in den Knast. Er meinte, dass er gerne jedes Jahr, möglichst in den Wintermonaten, eine Kurzstrafe bekommen würde, besser hier als auf der Straße. Ein warmes Zimmer, drei mal am Tag was zu essen, und mit der Hygiene ist es auch einfacher. Ein positiver Nebeneffekt für Manni war es außerdem, dass er keinen Alkohol bekam.

Gute Idee, meinte ich, und dachte an die Kosten für einen Gefangenen von über hundert Mark am Tag. Die Rechnung, fand ich, geht irgendwie nicht auf.

Nun konnte ich mich auf dem Areal der Haftanstalt frei bewegen, da durch meine Arbeit in der Gärtnerei und der entsprechenden Klamotte meine als Grünanlagen-Inspektion getarnten Spaziergänge auf dem Gelände unverdächtig waren. Wie ich erst bei meiner Entlassung erfuhr, hatte ich in dreißig Tagen Arbeit in der Gefängnis Gärtnerei dreihundert Mark verdient, also immerhin zehn Mark am Tag, für acht Stunden Arbeit. Die Erzeugnisse wie Primeln, Vergissmeinnicht oder Weihnachtssterne wurden an Händler verkauft. So versuchte die Anstalt wohl, von den hohen Kosten des Strafvollzugs wenigstens einen Teil wieder zu beschaffen.

Auf einem meiner Rundgänge sah ich einen Mitgefangenen auf einer Bank sitzen, der mir irgendwie bekannt vorkam, und tatsächlich war es ein Mann, mit dem mich ein besonders unschönes Ereignis verband.

Es war sicher drei, vier Jahre her. Ich saß in einer Frankfurter Bar mit Live-Bühne im Keller, an der Konstabler Wache. Vor mir ein Glas Äppler, worauf ich nur selten Appetit hatte, wartete ich auf meine Verabredung und vertrieb mir die Zeit damit einen Samba Rhythmus mit den Fingern auf der Tischplatte zu trommeln, als mein Glas von einem Baseballschläger vor meinen Augen vom Tisch gefegt wurde.

Erschrocken sah ich auf und sah einen langhaarigen, bärtigen, mit weit aufgerissenem Mund und den Baseballschläger zum Schlag ausholenden Neandertaler, als von rechts in Kopfhöhe ein ausgestrecktes Bein in mein Blickfeld geriet und dem Angreifer einen fatalen Kopfstoß verpasste. Er flog zur Seite weg und der Baseballschläger streifte lediglich die Tischkante. Eben noch vertieft in meine Rhythmusübung, sah ich nun Biergläser durch den Raum fliegen, einige Gäste ängstlich an der Wand stehen, hörte Schreie

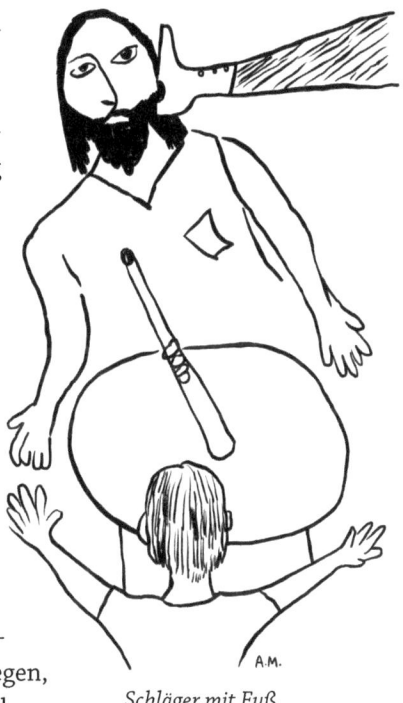

Schläger mit Fuß
im Gesicht

und saß immer noch vor Schreck wie versteinert am Tisch. Im nächsten Moment mischten sich Polizeisirenen und lautes Rufen in dieses akustische Tohuwabohu, und plötzlich war Ruhe. Als sich die Ohren nach dem eben noch herrschenden Lärm an die Stille gewöhnt hatten, hörte ich weinende oder vor Schmerzen stöhnende Menschen. Auf dem Boden lagen Scherben, zertrümmerte Stühle, ein paar Taschen und Jacken. Offensichtlich hatte ich den Anfang einer ausgewachsenen Kneipenschlägerei verpasst, diesen irgendwie heil überstanden, als alles kurz nachdem ich es mitbekam auch schon wieder vorbei war.

Ich stand auf und merkte, dass meine Beine zitterten. Als ich am Ausgang ankam, saß da mein Retter, das Kampfsport-Ass, in seinem Oberschenkel steckte ein Messer. Ich sagte danke Mann, du hast mich gerettet, und fragte idiotischerweise, ob es weh täte. Er sagte nur, »kein Ding, ist mein Job«, und dass das erst später schmerzt. In den folgenden Nächten hatte ich Albträume und wachte einige Male auf, kurz bevor mich jemand attackierte.

Und nun, Jahre später, saß er hier auf der Bank, unverkennbar, ein Zweimeter-Mann mit schwarzem Haar, sah ein bisschen aus wie ein Indianer, und so nannte ich ihn immer für mich.

Ich sprach ihn an und sagte freudig lächelnd, ob er mich noch kenne und er sagte Nein, woher denn, und ich erzählte ihm von der Schlägerei im Nachtleben, und dass er mich damals gerettet hat, hätte Schlimmes passieren können, wäre er nicht da gewesen, und er erinnerte sich an den Abend, aber nicht an mich. Ich fragte ihn, was eigentlich damals passiert sei und er erzählte mir, dass sie drei Rockern den Eintritt verwehrt hatten und diese dann mit Verstärkung wieder gekommen sind. Ich sagte, Mann ein echt gefährlicher Job, und es freue mich wirklich ihn zu sehen, nicht falsch verstehen, ist ein übler Ort dafür, und dann haben wir uns manchmal auf eine Zigarette, nur für mich, auf der Bank getroffen und ein bisschen gequatscht. Dass wir uns gut verstanden, gab mir eine gewisse Sicherheit, denn im Gefängnis blieben Verbindungen zwischen Häftlingen keinem verborgen, und es gab wohl niemanden, der Ärger mit dem Indianer haben wollte. Er war eigentlich Türke und Nichtraucher.

Am Ende der dritten Woche lernte ich zufällig gleich drei Häftlinge auf einmal kennen, sozusagen eine Bande, äh nein, in diesem Fall eine Band.

Nach der Arbeit in der Gärtnerei lief ich zum Eingangstor. Dort war ein Paket für mich abgegeben worden, das ich nach genauer Inspektion abholen konnte. Es war ein kleiner Fernseher, den ein Freund für mich besorgt hatte, sozusagen als Betäubungsmittelersatz.

Als ich den Eingangsbereich verließ, ging ich an einem kleinen unscheinbaren Gebäude vorbei, von dem ich dachte es sei eine Art Trafohäuschen oder eine Abstellkammer. Aber als ich heute daran vorbeilief, nahm ich ganz undeutlich ein mir bekanntes Geräusch wahr, und lauschte angestrengt. Eindeutig ein Schlagzeug wunderte ich mich.

Ich klopfte mehrmals an der Tür, und als ich gerade gehen wollte hörte ich das jämmerliche quietschen einer schlecht geölten Stahltür. Im Türrahmen stand ein kleiner Mann mit Baseballkappe. Er musterte mich nur kurz und fragte mich dann, was ich denn für ein Arschloch sei. Das brachte mich etwas aus dem Konzept, so dass ich idiotischerweise stammelte, ich sei die Nummer 822,

ich mit Ohr an der Tür

und hätte gerade sowas ähnliches wie Musik gehört, aber dass ich nicht stören wollte.

Rolf aber, so hieß meine neue Bekanntschaft, wie er mir später erzählte ein Tresorknacker, wusste bereits, wer ich war. Er war zwar klein, aber im Knast, wie ich erfahren sollte, eine große Nummer. Er kannte die meisten Neuzugänge und wusste, weshalb sie verurteilt waren. Seine Mutter führte ein Bordell, und eines Tages erzählte er mir, dass er und ein paar Freunde nebenberuflich „reiche Bonzen" auf Partys mit Drogen und leichten Mädchen versorgt hätten. Wie schrieb schon Heinrich Heine,

»diejenigen, die öffentlich Wasser predigen, trinken heimlich Wein«, dachte ich mir, und er merkte dabei an, dass man schon recht dämlich sein müsse, wegen Cannabisschmuggels im Knast zu landen. Ich konnte ihm nicht widersprechen, allerdings saß er schon das dritte Mal ein und wurde nicht mehr als freigängertauglich eingestuft. Er hatte das dürftige Einkommen des Freigängers, ohne näher darauf eingehen zu wollen, immer wieder mit einigen nicht ganz legalen Geschäften aufgebessert. Jetzt arbeitete er in der Gefängniswäscherei.

Was ich wolle, fragte er mich also, und ich fragte meinerseits, ob das hier eine Art Bandprobe sei, und ob ich vielleicht etwas zuhören könnte. Ob ich denn ein Instrument hätte oder spielen könnte, fragte er mich, und ich fragte zurück, ob es denn eine Gitarre gäbe, da könnte ich schon was mit anfangen. Und so kam es, dass ich die Band kennenlernte, die wohl gerade erst am Anfang stand. Mike, der Schlagzeuger hatte gerade erst begonnen zu spielen, Freddi, der Bassist, war allerdings schon recht gut. Rolf spielte, wie sich herausstellte, eigentlich Bluesharp, auf der Gitarre war er ein blutiger Anfänger, aber er war musikalisch und hatte eine gute Stimme. Nachdem ich mich vorgestellt hatte, was ja eigentlich überflüssig war, reichte mir Rolf eine verstimmte Gitarre und ein Songbook. Er schlug eine Seite auf, auf der die Akkorde und der Text von »Country Road« standen. Ich stimmte die Gitarre und spielte und sang das Stück vom Blatt ab, und als ich fertig war sah ich in erstaunte Gesichter. »Ein verdammter Profi«, sagte Rolf zu den anderen, die sich freuten und mir auf die Schulter klopften. »Zu viel der Ehre«, sagte ich, das Stück sei ja sehr bekannt und nicht so schwer, aber alle sagten sofort, dass ich in ihrer Band aufgenommen sei, wenn ich denn wollte. Und so kam es, dass ich die nächsten vier Wochen einige Male mit der Knastband üben und ihnen zumindest Starthilfe leisten konnte. Tatsächlich hatten die Jungs ein Jahr später einen kleinen Gig im Frauengefängnis um die Ecke, und ich fühlte ein bisschen Stolz, auch wenn ich nicht mitspielen konnte. Das Programm bestand zu hundert Prozent aus Country- und Westernnummern, wofür ich Mike einen Beat auf dem Schlagzeug beigebracht hatte, mit dem er alle Nummern begleiten konnte.

Als ich mit der Arbeit in der Buchhandlung begann, konnte ich leider nicht mehr mit der Band üben, weil die Proben nur zu einer Uhrzeit stattfinden durften, an der ich noch im Freigang war. Wenn ich vor 21 Uhr zurück war, traf ich mich manchmal mit Rolf in meinem Zimmer, um ein bisschen zu spielen, er genoss, obwohl kein Freigänger, einige Privilegien. Meinen Gitarrenpart in der Band übernahm Jens. Er arbeitete in einem der Kühlhäuser und meinte, die Musik helfe ihm sehr, sich wieder aufzuwärmen.

Mein Termin mit Herrn Goldmann, das obligatorischen Erstgespräch, rückte näher.

Ich freute mich ehrlich darauf, denn er hatte mir, ohne mich näher zu kennen, mit dem eigenen Zimmer im Freigängerhaus einen großen Gefallen getan. Am Tag vor dem Treffen kam ein Beamter in die Gärtnerei und teilte mir mit, dass Herr Goldmann krank sei und die stellvertretende Gefängnisdirektorin seinen Termin mit mir wahrnimmt. Ich sollte mich morgen um 11 Uhr in ihrem Büro einfinden.

Die sechste Woche im Knast hatte begonnen, ich hatte schon einige Kilos abgenommen und den fahlen Teint aller Knastis angenommen. Ich wusste, dass die Arbeit als Freigänger außerhalb der Justizvollzugsanstalt erst nach drei Monaten begonnen werden durfte, so war noch nicht die Hälfte der Zeit vergangen, und ich ging entsprechend niedergeschlagen zur stellvertretenden Direktorin. Ich klopfte an ihre Tür und nach einiger Zeit des Wartens, ich dachte schon ich sei zu früh, hörte ich ihr »Herein mit Ihnen«.

Sie stand hinter ihrem Tisch, deutete auf den ungemütlichen Stuhl davor und sagte, »So so, sie sind das«. Vor ihr auf dem Tisch lag eine Akte, und nachdem wir uns gesetzt hatten, machte sie den Ordner zu.

Mein Verhalten, so begann sie, sei schon auffällig. Einige Extrawürste hätte ich mir schon erschlichen, gar nicht schlecht, dies sei allerdings nur mit der Einwilligung der Gefängnisleitung möglich gewesen. Sowohl die interne Arbeitsvermittlung, bei der ich vor der Zeit und ohne Erlaubnis aufgetaucht war, um Arbeit in der Gärtnerei zu bekommen, sowie der vorzeitige Umzug ins Freigängerhaus seien jeweils vorher mit ihr abgeklärt und nach Besprechung des Warum und Wieso schließlich genehmigt worden. Auch hätte ich ihnen die Entscheidung jeweils dadurch erleichtert, dass meine Beweggründe nachvollziehbar begründet waren. Man habe trotzdem feste Regeln, jedoch hätte sie, an meinem Verhalten im Gefängnis gemessen, bisher ihre Entscheidungen nicht bereut. Dazu zähle auch das Engagement zum Musikmachen, das bei der Gefängnisleitung wohlwollend zur Kenntnis genommen wird. Privilegien können aber auch rückgängig gemacht werden, und sie hoffe, dass ich auch in Zukunft keinen Anlass dazu geben werde, ihre Anordnungen zurückzunehmen.

Bis dahin hatte ich eine ähnliche Ansprache erwartet, doch nun kam der überraschende Teil, etwas, an das ich mich in Bezug auf die Justiz langsam gewöhnte.

Sie fragte mich nämlich, ob ich Appetit auf Pizza hätte.

Erst dachte ich, mein Verstand hätte mir einen Streich gespielt und ich Worte aus ihrem Mund hörte, die mein Unterbewusstsein gerne hören wollte. Nach fast sechs Wochen Gefängnisessen war mir klar, dass dieses nicht den kleinsten Teil der zu verbüßenden Strafe ausmachte.

Dazu kam noch, dass der Libido komplett verschwunden war, und das nicht nur bei mir. Die meisten vermuteten einen Zusatz im Essen, könnte aber auch sein, dass die ziemliche Aussichtslosigkeit auf körperliche Liebe einfach diesen Effekt auslöste. Zwar hatte Rolf mir angeboten, mal das Establishment seiner Mutter zu besuchen, wenn ich im Freigang war, und natürlich auf Kosten des Hauses, aber das war nichts für mich und ich lehnte dankend ab, denn zwei Jahre zuvor, kurz vor meiner Verhaftung, hatte ich mich in Peggy verliebt.

Peggy, Portugal August 97

Um Abstand von der organisierten Kriminalität zu bekommen, war ich spontan nach Portugal gereist. Meinem Kumpel hatte ich gesagt, dass ich raus bin, die Sache ist nichts für mich, nicht mal wegen dem Dope-Schmuggel, Marihuana war in meinen Kreisen weniger verpönt als Alkohol, sondern eher wegen der aufwendigen Fahrerei, die sich bei unseren geringen Mengen auch nicht wirklich auszahlte. Ich hoffte, dass er während meiner Abwesenheit einen Ersatz für mich finden würde, aber das Schicksal hatte etwas anderes mit mir vor.

Peggy hatte mit einer Freundin einen Trommelworkshop im Norden Portugals gemacht und war dann nochmal mit ihr in den Süden gereist. Eines Tages, ich saß an der Flussmündung des Gilão River auf der Ilha de Tavira und hielt meine Gitarre in den etwas kühlenden ablandigen Nordwind, da sagte eine Stimme: »Hört sich sehr schön an«.

Als ich mich umdrehte, stand dort Peggy, die ich schon auf dem Campingplatz, drei Zelte weiter, beim Trommeln üben bemerkt und mich ihr deshalb kurz vorgestellt hatte. Wir kamen ins Gespräch und hatten uns lose verabredet, mal zusammen ein bisschen Musik zu machen. Jetzt setzte sie sich zu mir und gemeinsam lauschten wir den vom Wind erzeugten elegischen Tönen meiner Gitarre. Ein paar Tage später, wir waren schon gemeinsam durch die schöne Stadt Tavira gebummelt und waren ein- zweimal Essen gegangen, sagte sie, ihre Freundin würde in zwei Tagen samt Zelt und Campingausrüstung nach Frankreich abreisen, zum Kanu fahren an der Ardèche. Sie hätte noch zwei Wochen Zeit, würde aber gerne hier am Meer bleiben und fragte mich nun, ob noch Platz in meinem Zelt sei. Da wir uns gut verstanden und mir ihre Gesellschaft sehr gefiel, sagte ich ja, wir können es mal versuchen und was soll ich sagen, es hat gefunkt. Sie war Geografin und Landvermesserin aus H und erzählte mir witzige Geschichten aus ihrem Arbeitsalltag in Ostdeutschland. Zum Beispiel hatten da wohl einige Bauern nach der Wiedervereinigung Grenzsteine versetzt, um ihre Grundstücke mal eben um einige Hektar zu vergrößern. Allerdings hatten sie die Rechnung ohne die deutsche Bürokratie gemacht, die in Ostdeutschland genauso penibel funktioniert hatte wie im Westen. So gab es auch dort viele schriftliche Unterlagen über Grenzgemarkungen, die nach der Wiedervereinigung bei der Auflösung von Landwirtschaftlichen Genossenschaften oder Rückgabe von Landbesitz zu Rate gezogen wurden. Um einer Bestrafung zu entgehen gab man Ihnen jedoch die Möglichkeit, den ursprünglichen Zustand wieder herzustellen.

Nach zwei sehr schönen Wochen, an die ich noch sehr lange dachte, reiste Peggy ab. Wir verabredeten uns für einige Zeit später in H, und ich schrieb mir ihre Adresse auf. Aber daraus wurde leider nichts. Gleich zwei unvorhersehbare Vorfälle führten vorher zu meiner Verhaftung.

Die Verhaftung

Mein Rückflug startete mit einer Stunde Verspätung, weil ein sehr auffälliger Fluggast, der einigen Angst gemacht hatte, aus dem Flugzeug steigen musste, und die S-Bahn in Frankfurt war mal wieder ausgefallen. Da es schon sehr spät war und ich mir kein Taxi leisten konnte, rief ich meinen Kumpel an, der mich schließlich am Flughafen abholte und mich dazu überredete, noch einmal das Gras bei der Kurierin abzuholen, es sei auch schon in Offenbach. Das hätte mir zu denken geben müssen, wenn ich nicht so verliebt gewesen wäre, denn ich kam ja mit dem Gras in Offenbach eigentlich gar nicht in Berührung. Die Kurierin hatte das Dope selber gekauft, sie hatten also einfach auf mich verzichten können. Aber dann, so erfuhren wir später, war sie auf einer Autobahnraststätte rausgefahren, großer Fehler, wurde überprüft, das Dope gefunden und sie vor die Wahl gestellt, Mittäter verpfeifen und ihnen eine Falle stellen, wegen Beweisen, oder ab in den Knast, eine eher unglaubwürdige Drohung. Als Einzeltäterin wäre sie wahrscheinlich mit einer Bewährungsstrafe davon gekommen. Natürlich hätten bei mir alle Warnlampen angehen müssen, warum hatte sie das Gras nicht einfach selbst meinem Kumpel gebracht, wie sonst auch. Aber ich war wohl einfach zu verliebt, hatte nicht nachgedacht und bin in die von ihr und dem Zoll gestellte Falle getappt.

Verliebt sein kennen wohl die meisten, der Verstand läuft irgendwie untertourig. Sah ich mal schön versinnbildlicht in einer Statuette der griechischen Göttin Athene, die auch für die Weisheit steht. Ein Bildhauer hatte wohl den Geisteszustand eines Liebenden vor Augen, als er die Statuette schuf, bei der sich ein kecker Amor mit Unschuldsmiene und schmeichelnd an Athene schmiegt, nachdem er ihr die Augen verbunden hat.

So hatte mich die Flucht vor der Marihuana-Connection in die Arme einer liebenden Frau getrieben, was mir für einige Zeit den Verstand geraubt und dann, sie war natürlich völlig unschuldig daran, zu meiner Verhaftung beigetragen hat.

Vielleicht, kann man ja nicht wissen, war es ihr Schutzengel gewesen. Ich hoffe, sie konnte mich bald vergessen, ich musste noch lange an sie denken.

Mein Kumpel überredete mich also, als er mich am Flughafen aufgelesen hatte, das Gras bei der Kurierin abzuholen, er hätte am nächsten Tag keine Zeit. Weil er mich so spät am Abend noch vom Flughafen bis vor meine Haustüre chauffierte, wollte ich ihm die Bitte nicht abschlagen. Heute glaube ich, dass da einer die Lunte gerochen und er mich sicherheitshalber vorgeschickt hatte, und das war's dann.

Bei der Übergabe des Marihuana-Päckchens, ungefähr 800 Gramm, wurde ich mit gezogener Waffe überwältigt. Man nahm mir alle Papiere ab, darunter auch Peggys Adresse. Nachdem mich der Zoll festgenommen hatte, schlugen sie im Verhör vor, dass ich das Marihuana meinem Kumpel bringen könnte, um ihn dann bei der Übergabe festnehmen zu können. Das mach ich nicht, sagte ich, in keinem Fall. Hat ihm und mir auch nichts genützt, denn sie hatte uns beide verraten.

Dass ich niemanden denunziert oder eine Falle gestellt hatte, wurde mir bei der Urteilsverkündung tatsächlich vorgehalten. Der Herr Vorsitzende drückte es natürlich vornehmer aus. Da ich nicht mit den Behörden zusammengearbeitet habe könne er leider, so dozierte er, in meinem Fall keine Abstriche bei der Höhe der Strafe machen.

Nach der Verhaftung hoffte ich, dass sie nicht Peggy fälschlicherweise als eine mögliche Mittäterin beschuldigen würden. Leider war ihre Adresse nicht mehr zu finden, als ich meine Papiere wieder bekam, und so haben wir uns nie wieder getroffen.

PS: Vielleicht liest du dieses Buch, wäre schön, dich wiederzusehen.

JVA Preungesheim

Nachdem ich wohl etwas zu lang keine Antwort gegeben hatte, sagte also die Direktorin, dass sie jedenfalls heute Appetit auf Pizza hätte, und da sie nicht gerne alleine isst, würde sie mich einladen, unten im Ort, ich könnte ihr ja erzählen, wie ich hier gelandet bin und mir damit mein Essen verdienen. Wenn ich nichts anderes geplant hätte, sie hatte also Humor, könnten wir gleich starten, für heute wäre ich dann vom Dienst in der Gärtnerei befreit. Ich gebe zu, dass ich wohl etwas verdattert gewirkt haben muss. Sie jedoch stand auf, nahm ihre Jacke, öffnete die Tür und sagte »Nach Ihnen«.

Ich kannte die Pizzeria. Sie war eine unserer Adressen zum Essen, die ich während des Besuchs der Tontechnikerschule in den letzten eineinhalb Jahren, diese befand sich keine 100 Meter weiter um die Ecke, öfters mit Mitschülern besucht hatte. Während ich auf die Schule ging, hatte ich also immer meine nähere Zukunft im Gefängnis vor Augen.

Das letzte Mal, das ich dort gegessen hatte, war keine zwei Monate her, und als wir sie betraten sagte Alfredo im Vorbeigehen zu mir, »Salute, schon länger nicht mehr hier gewesen«.

Den fragenden Blick der Direktorin bemerkend, sagte ich, das könne ich ihr auch erklären, dort hinten sei ein schöner Tisch am Fenster. Als wir Platz genommen hatten, fiel mir erst nach einer ganzen Weile auf, dass ich unhöflich war, denn ich schaute hinaus, als gäbe es einen grandiosen Ausblick, dabei war es nur eine mir gut bekannte große Durchgangsstraße. Alfredo kam an den Tisch und fragte mich: »Wie immer?«, und »Was darf ich der Senora bringen?« Die Direktorin lachte, sagte, sie wäre noch nicht so weit, schaute mich an und meinte, dass sie nun als erstes gerne wissen würde, warum man mich hier kennt, denn die Wohnadresse in meiner Fallakte sei Offenbach gewesen.

Wir saßen fast zwei Stunden.

Meine Pizza hatte ich in Rekordzeit gegessen, wir aßen, ohne zu reden, und die Direktorin schaute manchmal verstohlen zu mir, vielleicht dachte auch sie an die Qualität des Gefängnisessens. Danach gab es noch Tiramisu und Espresso und nachdem wir gegessen hatten, erzählte ich die Geschichte meiner Drogenkarriere ein zweites Mal einer fremden Frau, und weil sie mich manchmal fragte, auch über mein sonstiges Leben.

Mir war es etwas peinlich, als Alfredo die Rechnung brachte und sie bezahlte, aber nur ganz kurz, weil das Leben im Knast einen auch ein bisschen härter macht.

Die Tage nach dem Ausflug in die Pizzeria waren, ich zitiere, »Beschissen wäre geprahlt«. Etwas Gutes zu essen und freie Menschen zu sehen, die gehen konnten, wohin sie wollten, machte mir wieder meine Situation sehr bewusst und ich haderte bestimmt zum hundertsten Mal mit mir und der Justiz.

Schon vor meiner Verhaftung wegen Gras stand ich zweimal wegen Verkehrsvergehen vor Gericht. Einmal unschuldig, zwei Verkehrspolizisten hatten mir und einem Freund einen Strafzettel verpasst, angeblich waren wir nicht angeschnallt. Ich war so empört über diese falsche Anschuldigung, dass ich bis vor Gericht ging, wo die zwei feixenden Jungbullen, eine Schande ihrer Zunft, einen Meineid leisteten und ich vor zwanzig Jurastudenten zu einer Geldstrafe verurteilt wurde und außerdem die Gerichtskosten zu tragen hatte.

Im zweiten Fall, vielleicht ein Jahr später, wurde ich wegen Geschwindigkeitsübertretung zu einer Geldstrafe und einem Punkt in Flensburg verdonnert. Diesmal versuche ich den Spieß umzudrehen, dachte ich mir, noch immer verärgert über das falsche Urteil, legte Widerspruch ein und es kam zu einer Verhandlung. In diesem Fall eigentlich schuldig, weshalb mir eine Verurteilung egal gewesen wäre, erzählte ich der Richterin die erfundene Geschichte, ich hätte ein Martinshorn gehört und deshalb einen LKW zügig überholt, um die Spur freizumachen. Als ich wieder auf die rechte Spur wechselte, wurde ich geblitzt. Die Richterin glaubte mir und sprach mich frei. Nun könnte man sagen, Unentschieden, oder eben zweimal ein Fehlurteil, darf sich jeder denken, was er will. Die Wahrheit jedenfalls wurde nicht gefunden.

Wie sagte einmal Helmut Schmidt: »Der Rechtsstaat hat nicht zu siegen, er hat auch nicht zu verlieren, sondern er hat zu existieren.«

Ich glaube zu verstehen, was er damit gemeint hat. Nicht das Ergebnis ist entscheidend, sondern das System. Eine sehr politische, in einer Demokratie berechtigte und nachvollziehbare Sichtweise auf die Justiz. Als Angeklagter schaut man naturgemäß eher auf das Urteil.

Mein Bruder meinte kurz und bündig: »This is not a perfect world«.

Flughafen Budapest, Sommer 1995

Nur zwei Jahre zuvor wäre ich wegen ein paar Gramm Marihuana beinahe dem Zoll in Ungarn ins Netz gegangen. Es war wohl schon ein Wink mit dem Zaunpfahl, wie man so schön sagt. Zu dieser Zeit hatte ich an Marihuanahandel natürlich noch nicht mal gedacht. Meine »Laufbahn« als Cannabis-Einkäufer war wahrscheinlich eh die kürzeste ever.

Ich war also per Flugzeug nach Budapest geflogen und hatte ein Päckchen Drehtabak, gefüllt mit ein paar Gramm Dope, leichtsinnigerweise in meinem Rucksack unter die Klamotten gelegt. Dort wollte ich mich mit Freunden auf dem zehn Tage dauernden Sziget Musik Festival treffen. Wegen eines Jobs konnte ich nicht im Auto mitfahren und erst drei Tage später nachkommen. Beim Flughafenzoll kam es dann zum Showdown.

Die zwei Beamten gaben ein merkwürdiges Bild ab. Der eine war sehr groß, und der andere wirklich klein, aber natürlich wollte ich nicht lachen, obwohl die beiden ehrlich komisch aussahen.

So kann ich heute noch, nach fünfundzwanzig Jahren, ein ungefähres Phantombild von den beiden Beamten erstellen. Die Augen des kleinen Beamten saßen, enganliegend, direkt an der Wurzel seiner langen, gebogenen Nase. Zusammen mit seinem sonst eher runden Gesicht mit tiefem Haaransatz und rund gebogenen Augenbrauen sah er ein bisschen aus wie eine Eule. Er musterte mich misstrauisch und schien das Cannabis förmlich zu riechen, zeigte auf

zwei Zöllner

meinen Rucksack und machte Zeichen, ihn zu leeren. Ich packte alle Kleidungsstücke auf den Tisch und als er zur Kontrolle in den Rucksack schaute, sah er am Boden das mit Cannabis gefüllte Tabakpäckchen liegen. Siegesgewiss, mit einem Grinsen im Gesicht, zeigte er in den Rucksack. Selbst durfte er es nicht herausnehmen, hätte wahrscheinlich als Beweismittel nicht mehr getaugt. Ich hatte bereits erwartet, dass er das Päckchen entdecken wird und geistesgegenwärtig mit der rechten Hand ein anderes, schon angebrochenes Tabakpäckchen aus der Gesäßtasche gezogen. Damals noch Raucher, hatte ich, wie viele

Nikotinjunkies, in allen möglichen Taschen Tabak gebunkert, aus Angst, der Vorrat könnte zur Neige gehen. Wir sahen uns wie zwei Duellanten in die Augen, und so bemerkte er nicht den unter meiner Hand versteckten Tabakbeutel. Ich griff in den Rucksack, schob das Päckchen mit dem Gras auf dem Boden des Rucksacks an den Rand und gab dem immer noch grinsenden Zöllner den mit normalem Tabak gefüllten Beutel. Seinen Gesichtsausdruck, als er ihn öffnete, werde ich nie vergessen. Es war sozusagen der Prototyp eines ungläubigen Staunens, es war so echt und authentisch, wäre in jedem Hollywoodstreifen durchgegangen, obwohl, so gut könnte diesen Ausdruck wohl niemand spielen. Ich nutzte dieses überwältigende Gefühl der Überraschung und fragte ihn mit einem demonstrativ gelangweilten Gesichtsausdruck, während ich gleichzeitig auf meine Uhr sah, ob es das nun gewesen sei. Er wandte sich ab, den Kopf gebeugt und noch ein wenig mehr geschrumpft. Sichtbar niedergeschlagen vergaß er, den Rucksack nochmals zu kontrollieren, und sein großer Freund ging ihm hinterher, wohl um ihn zu trösten. Irgendwie tat er mir auch ein bisschen leid, und wären die Strafen in Ungarn damals nicht so hanebüchen für den Besitz schon kleinster Mengen Cannabis gewesen, hätte ich gelacht und ihm gerne für seinen guten Instinkt gratuliert. Aber als ich vor dem Flughafengebäude stand, jubelte ich innerlich vor Erleichterung. Auf dem Festival rauchte gefühlt jeder der aus ganz Europa nach Budapest gepilgerten Fans Marihuana.

Am Abend musste ich zwei große Gläser des hervorragenden ungarischen Bieres trinken und einen Joint rauchen, bis sich meine Nerven wieder beruhigt hatten und ich schlafen konnte.

Die JVA Preungesheim war eine Hinrichtungsstätte der Nazis, in der im 3. Reich an die fünfhundert Todesurteile vollstreckt wurden.

Der kurze Ausflug in die Pizzeria mit der stellvertretenden Anstaltsleiterin hatte mich jedenfalls in eine kleine Depression gestürzt, und dazu hatte ich mir noch, vermutlich wegen dem ungewohnt guten Essen, den Magen verstimmt. Die Anstaltsärztin schrieb mich krank und ich verließ am nächsten Tag mein Zimmer nur einmal, um mir in der Kantine irgendwas Genießbares aufzutreiben, klappte aber nicht. So tauschte ich mal wieder am Abend Zigaretten und Bares gegen Schokolade und Ginos Salami, wovon ich dann zwei Tage lebte. Ein Freund hatte mir bei einem Besuch nochmal etwas Geld mitgebracht, aber langsam ging es mir aus.

Am vierten Tag betrat ein Beamter mein Zimmer, es konnte nur von außen abgeschlossen werden, wenn man nicht da war, ohne mein »Herein« abzuwarten. Er sagte, ich solle sofort zur Direktorin kommen, sie wartet. Der unfreundliche Ton ließ mich sofort wieder Unangenehmes erwarten, in meinem gereizten Gehirn stellte ich mir vor, zur Küchenarbeit verdonnert zu werden, oder, noch schlimmer, wieder aus dem Freigängerhaus ausziehen zu müssen, wegen unerlaubten Handels mit Süßigkeiten und italienischer Feinkost-Salami, schließlich waren auch diese Genussmittel in großen Mengen auf Dauer ungesund.

Auch sonst gab es so ziemlich alles im Knast, natürlich mit Ausnahme von gutem Essen. Im Freigängerhaus Dosenfutter und Süßigkeiten, im geschlossenen Bereich immer auch Marihuana und Medikamente, aber keinen Alkohol. Dies war schon im Untersuchungsgefängnis so, und die schon länger einsitzenden Insassen meinten, Cannabis werde toleriert. Wer das Ganja in die Anstalt schmuggelte, weiß ich nicht, und überlasse die Spekulation darüber der Fantasie des Lesers, in der Gärtnerei haben wir das Marihuana jedenfalls nicht angebaut. Ein Widerspruch, an dem wegen Cannabishandel Verurteilte zu knabbern haben, weil es nicht leicht zu verstehen ist, dass man wegen einer Substanz zu einer Haftstrafe verurteilt wird, die es im Gefängnis jederzeit gibt.

»Freiheit ist die Einsicht in die Notwendigkeit«, sagte mal ein deutscher Philosoph, und eben das fiel mir wirklich schwer.

Joints rauchten aber nur die Gefangenen im geschlossenen Bereich, da die Freigänger ja regelmäßig auf Drogenkonsum getestet wurden.

Es war schon nach 17 Uhr, auf dem Gang im Freigängerhaus standen Gino und Peter und klopften mir aufmunternd auf die Schulter, weil in den meisten Fällen verhießen Verabredungen mit der Gefängnisleitung nichts Gutes, die zwei Freunde machten vielsagende Gesichter.

Der Beamte begleitete mich bis zur Tür, klopfte an und ging dann seiner Wege. Diesmal kam das »Herein« sofort, es war ja auch eigentlich schon Feierabend, und die Direktorin zeigte auf den unbequemen Stuhl. Als ich saß, schaute sie mich eine Weile an und sagte dann, dass sie mit Frau Rademann telefoniert habe und sie sich nochmals davon überzeugt habe, dass die Buchhandlung bereit sei und ich mit der Arbeit nach dem Wochenende beginnen könnte. Sie wolle mir nochmals nahelegen, die dafür geltenden Regeln penibel einzuhalten, was zu beachten sei, stehe alles in einem Regelwerk für Freigänger, dass ich nun von ihr bekomme. Sie konnte wohl die Freude und Erleiterung in meinem Gesicht lesen und sagte, dass auch in diesem Fall wieder eine Ausnahme für mich gemacht werde, weil die Regeln hier in der Justizvollzugsanstalt nicht in Stein gemeißelt sind, sondern ein Leitfaden, den die Leitung bei Überzeugung interpretieren kann. Sie hofft und glaubt, dass ich ihr Vertrauen nicht enttäuschen werde und wünscht mir Disziplin und Durchhaltevermögen für die nächsten Jahre. Sie stand auf und gab mir die Hand, vielleicht zur Mobilisierung der kümmerlichen Reste meines Selbstwertgefühls, und lächelte mir aufmunternd zu. Ich bedankte mich und konnte es nicht erwarten, einigen Freunden im Knast und außerhalb und meiner Familie die gute Nachricht zu erzählen.

So kam es, dass ich nach sechs Wochen Gefängnis meine Arbeit in der Buchhandlung begann. Zwei Tage zuvor, es war Samstag, rief ich Frau Rademann an, um mein Kommen am Montag anzukündigen. Sie sagte, dass alle Mitarbeiter informiert sind und sie mich bei einer Tasse Kaffee allen vorstellen wird. Wenn möglich, sollte ich ruhig meine besten Sachen und Schuhe anziehen, sie habe sich auch erlaubt, mir ein schönes Hemd zu besorgen, vielleicht gefällt es mir ja. Der Kloß im Hals ließ meine Stimme sehr rau erscheinen, als ich mich bedankte. Sie sagte noch, dass mich alle um 9 Uhr zur Ladenöffnung erwarteten und natürlich auch neugierig seien, eben Buchhändler, wie sie lachend bemerkte, aber sie würde mich die erste Zeit in ihre Obhut nehmen und wenn sie richtig informiert sei, gäbe es ja genügend Zeit, mich einzugewöhnen.

Ihr Optimismus gab mir Zuversicht, aber machte mich auch etwas nervös. Die letzten Wochen hatten mich älter gemacht, eine ungesunde Gesichtsfarbe, abgemagert und psychisch angeschlagen kam mir die bevorstehende Aufgabe fast ein wenig zu groß vor. Ich versuchte aber, etwas Freude zu mobilisieren und mir die guten Seiten der bevorstehenden Zeit vorzustellen.

Vor dem Gefängnis stand mein alter Polo und ich fragte mich ob er nach sechs Wochen anspringen würde, weil den Führerschein hatten sie mir seltsamerweise gelassen. Wie heißt es doch so schön, vor Gericht und auf hoher See bist du in Gottes Hand, aber ich will mich in diesem Fall mal nicht beschweren.

Vielleicht, dachte ich laut, weil ich selbst immer unfallfrei gefahren bin und außerdem keine Punkte in Flensburg hatte. Das sei naiv gedacht, meinte ein befreundeter Anwalt, der die Verhandlung verfolgt hatte. Sein Kommentar zu diesem Punkt war, dass die Justiz jemanden, den sie aufgehängt hat, nicht auch noch auspeitscht.

Ich glaube, damit könnte er den Nagel auf den Kopf getroffen haben.

Zweimal in zwanzig Jahren hat man mir mein Auto aber doch zu Schrott gefahren. Einmal stand ich an einer roten Ampel, als mir ein Wagen fast ungebremst hinter reinfuhr. Ich stieg aus und ging zu dem Fahrer, der völlig betrunken war. Als ich noch darüber nachdachte, wie wir die Situation ohne Polizei regeln könnten, machte sich der Depp aus dem Staub und traf damit selbst die Entscheidung. Das zweite Mal war ich auf einer Germanistensause an der Uni und hatte meinen R4 zwischen zwei ebenso alten Studentenkarren geparkt. Der Knall des

Aufpralls war trotz ziemlich lauter Musik auch auf der Party zu hören. Neugierig, was passiert war, ging ich mit meiner Begleitung zum Fenster und erkannte zuerst gar nicht, dass mein Wagen völlig demoliert war. Ein besoffener Hornochse war in den Wagen hinter mir gerast, hatte die drei viel leichteren Autos ineinandergeschoben und dabei große Schäden an gleich vier Autos verursacht. Er fuhr einen schweren Mercedes und blieb unverletzt, dem sprichwörtlichen Schutzengel sei Dank. »Das wird teuer« sagte meine Begleiterin. »Aber das Glück war gratis«, erwiderte ich.

Leider musste mein älterer Bruder, der seinen Zivildienst bei der Johanniter-Unfall-Hilfe abgeleistet hatte, zwei tödlich endende Unfälle miterleben. Beide Male hatte ein betrunkener Fahrer einer großen Limousine einen Kleinwagen zertrümmert und das Leben von Familien zerstört.

In der Buchhandlung

Im Buchhandel ist es ähnlich wie bei Musikern. Diese beginnen oft ein halbes Jahr vor der Zeit mit den Proben für eine Aufführung, beispielsweise, um auf einem Weihnachtsmarkt zu spielen. Buchhändler fahren sechs Monate vor der Adventszeit auf eine Messe, auf der es Waren gibt, die im Dezember verkauft werden sollen. Und so sah ich mich auf meinem ersten geschäftlichen Ausflug mit Frau Rademann, mitten im Frühsommer, in einer großen Halle wieder, umgeben von Schokoladennikoläusen, Rentierschlitten, Schaufenster- und Christbaumdekorationsschmuck samt Bäumen, allen möglichen Backbüchern mit weihnachtlichen Rezepten, illustrieren Buchausgaben von Weihnachtsgeschichten aus aller Welt, schöne Faksimile aus Kunst und Architektur, ein riesiges Sortiment, und all das begleitet von weihnachtlicher Musik.

Wir wollen einkaufen, sagte Frau Rademann, und über die Dimensionen konnte ich nur staunen. Auch, und insbesondere für das moderne Antiquariat, in dem Remittenden, Sonderausgaben, Mängelexemplare und andere Bücher angeboten wurden, die nicht der Preisbindung unterlagen und daher günstiger verkauft werden konnten. Hier gab es riesige Bildbände, von Rembrandt über Van Gogh und Picasso, über fünf Kilo schwere Bücher über das Leben von Leonardo da Vinci, Kochbücher aus jedem Winkel der Erde, große Fotobände über Autos und Gärten, Chroniken von Entdeckern und Erfindern, Biografien, und viel mehr für alle Altersgruppen, mir wurde richtig schwindlig, und ich kann sagen, mir haben die Socken gequalmt. Ich bewunderte die Energie von Frau Rademann, wie sie es schaffte, den Überblick zu wahren, in den über fünf Stunden, in denen wir auf der Messe unterwegs waren.

Sie meinte, es sei in der nächsten Zeit meine Aufgabe, mir unser Angebot im modernen Antiquariat zu merken, die zwölf Ausstellungstische anschaulich und passend zu bestücken und immer darauf zu achten, dass diese aufgeräumt und ansprechend aussehen. Ich würde natürlich tatkräftig von ihr und den Kolleginnen unterstützt, da man einige Zeit braucht, bis man dies alleine könne. Ich merkte ziemlich schnell, dass die Arbeit als Buchhändler auch von sehr körperlicher Natur ist. In den ersten Tagen, da bin ich sicher, habe ich auch wegen manch unnütz und mehrfach gemachter Wege mindestens einen Marathon zurückgelegt. Jedenfalls plagte mich anfangs schmerzhafter Muskelkater und ich nahm mir vor, von meinem ersten Gehalt, das eines Praktikanten, ein paar neue Turnschuhe zu kaufen.

Durch die intensive Arbeit vergingen die ersten Wochen wie im Flug. Alles war neu, ich lernte, wie die Kasse funktionierte, konnte nach einiger Übung ein Buch in unter einer Minute in Geschenkpapier verpacken, schaute im Wareneingang vorbei, verbrachte Stunden im Archiv, entstaubte und putzte Regale, und nach einiger Zeit sprachen mich die ersten Kunden an, wo dieses oder jenes Buch stand, oder ob ich eine Empfehlung für ein neues Buch hätte. Meistens fragte ich dann nach dem Genre, für das sich die Kundin interessierte, und schickte ihn oder sie zu einer der erfahrenen Händlerinnen, die sich oft in bestimmten Sparten sehr gut auskannten. Dabei fragten die Frauen anders als die Männer. Diese wussten meistens, was sie haben wollten und fragten, wo dieses oder jenes Buch steht, wohingegen die Kundinnen eher durch den drei Stockwerke großen Laden schlenderten, sich umsahen und öfters eine Beratung wünschten.

Eines Tages sprach mich eine Frau auf eine ungewöhnliche Art und Weise an. Sie erzählte mir, dass sie mit ihrem Mann in Urlaub fahre, sie selbst eine Vielleserin sei, er jedoch noch kein einziges Buch im Urlaub zu Ende gelesen habe. Vielleicht könnte ich ihr eines empfehlen, ich solle mir auch nichts daraus machen, wenn er es auch diesmal nicht fertig liest, sie habe es schon mit allem möglichen probiert. Gibt es denn ein Hobby, oder was macht er denn von Beruf, fragte ich. Er ist Ingenieur, baut Brücken und Häuser, ein technischer Mensch mit Herz und Humor, aber es solle halt mal kein Fachbuch sein. Da mir bis jetzt noch der Überblick über Bestseller und Neuerscheinungen fehlte, machte ich es, wie es wahrscheinlich jeder getan hätte, und empfahl ihr ein Buch, das ich selbst gern gelesen hatte, von Mark Twain. Dessen Inhalt sollte eigentlich ganz gut zu den Eigenschaften ihres Mannes passen, denn es war komisch, auch etwas technisch und spannend. Sie sah sich das Buch an, las den Titel »Ein Yankee aus Connecticut an König Arthurs Hof« und meinte, ob der Autor nicht Kinderbücher geschrieben hat und ich sagte, ja schon auch, aber auch Huckleberry Finn könne ein Erwachsener lesen. Sie kaufte das Buch und drei Wochen später kam eine Postkarte aus Italien. Sie war an die Buchhandlung adressiert und auf ihr stand, vielen Dank an den blassen freundlichen Buchhändler für die Buchempfehlung, mein Mann hat den Roman von Mark Twain zu Ende gelesen, und er sei ab jetzt sein Buchhändler. Frau Rademann blickte auf Herbert und mich, die einzigen Männer in unserem Geschäft, und ich hob etwas verlegen den Finger, denn schließlich war ich kein Buchhändler, aber alle lachten und freuten sich mit mir. An diesem Tag fühlte ich irgendwie, dass ich in der Gemeinschaft angekommen war.

Natürlich kannten jetzt alle meine Geschichte und wussten, weshalb ich im Freigang war, aber keiner von ihnen gab mir das Gefühl, ein Verbrecher zu sein, und ich bin sicher, sie mussten sich dafür nicht verstellen.

Nach ungefähr zwei Monaten, ich saß gerade im Pausenraum zusammen mit Herbert, kam Sandra herein und meinte aufgeregt, da sei ein Herr aus dem Gefängnis, der mich sehen und ein Gespräch mit Frau Rademann führen wolle. Die beiden sahen mich erwartungsvoll an, aber ich sagte nur, dass ich nicht wüsste, wer oder warum jemand vom Gefängnis hier sei. Im Verkaufsraum im Erdgeschoss stand der Beamte. Er war nicht zu übersehen mit seinem etwas altmodisch wirkenden Hut, der abgewetzten Aktentasche und der zu warmen Jacke. Ein Schweißfilm glänzte auf seiner Stirn und über seinem Oberlippenbart, er wirkte auf mich wie aus einem anderen Jahrhundert.

Ähm, räusperte ich mich hinter seinem Rücken, er stand vor einem Buchständer mit Manga-Comics. Gerne hätte ich ihm empfohlen, mal eines der Comics zu lesen, die ich selbst sehr interessant fand. In diesen Geschichten gab es oft kein entweder – oder, sondern meistens ein sowohl als auch. Oft waren die Helden nicht schwarz oder weiß, gut oder böse, sondern eben beides.

»Hier bin ich«, sagte ich stattdessen, als er sich umdrehte und mich etwas irritiert ansah. Nach einem Moment der Besinnung sagte er, wie ich fand etwas zu laut, dies sei ein nicht angekündigter Kontrollbesuch, die Anstaltsleitung wolle über meinen Stand und mein Benehmen in Kenntnis gesetzt werden.

»Äh, ja wenn es nötig ist«, sagte ich mehr aus Verlegenheit.

Dass ich anwesend bin, sei natürlich selbstverständlich, er müsse nun aber mit der Geschäftsleitung sprechen, um sich zu versichern, dass es keinen Grund zur Beschwerde gäbe.

Also ging ich voran zum Büro von Frau Rademann, das neben dem Ruheraum lag, indem noch immer Herbert und Sandra saßen. Auf mein Klopfen hin öffnete sie die Tür und sah mich fragend an. Ich sagte, dies sei ein Herr aus dem Gefängnis, aber er fiel mir ins Wort. Inspektor S, hier im Auftrag der Anstaltsleitung, er müsse sie einen Moment alleine sprechen. Mir war es etwas peinlich, weil ich wusste, dass Frau Rademann auf dem Sprung war, sie hatte nachmittags einen Termin als Schöffin am Gericht. Sie sah auf die Uhr und sagte, ein Moment sei noch Zeit. Ich setzte mich zu den anderen, holte mir eine Tasse Kaffee und hatte noch nicht umgerührt, da war die zornige und laute Stimme unserer Chefin zu hören, mir wäre beinahe die Tasse aus der Hand gefallen. »Ich geh dann mal eine rauchen«, sagte ich und verzog mich auf eine durch den Aufenthaltsraum erreichbare Dachterrasse, denn ich wollte dem Beamten und mir nach dieser wohl sehr unschönen Konversation eine peinliche Begegnung ersparen. Ich hörte Frau Rademann noch eine Weile sehr laut sprechen, dann ging ihre Türe auf und wieder zu. Ich saß weiter auf der begrünten Dachterrasse, unserem »Belvederche«, und rauchte gerade die zweite Zigarette, als Herbert ebenfalls durch das Fenster auf unser Sonnendeck stieg, das wir als Raucherecke nutzten und sagte, dass der Typ endlich weg sei. Ein paar Momente später lugte Frau Rademann durch das Fenster und sagte, dass alles in Ordnung ist. Sie habe den Herrn nur etwas bestimmter sagen müssen, dass sie sich den Ton verbittet, mit der dieser sogenannte Inspektor über mich geredet hatte. Er hatte sie vor mir gewarnt, sie könne mir nicht vertrauen, ich sei ein Straftäter und diese seien für gewöhnlich gefährlich und müssten ständig kontrolliert werden. Als er dann noch sagte, sie dürfe nicht naiv sein, sei es genug gewesen, nicht in diesem Ton, nicht in meinem Büro, und überhaupt kennt sie mich viel besser, von gefährlich könne überhaupt keine Rede sein. Er müsse jetzt gehen, denn sie hat einen wichtigen Termin, und sie werde sich bei der Anstaltsleitung über ihn beschweren, so gehts ja gar nicht. Mir war etwas verlegen zumute, weil ich sie so angefasst noch nicht erlebt hatte, und ich der Grund dafür war.

Nach einer Weile, Frau Rademann hatte es dann doch eilig, sagte Sandra, »Was für eine tolle Frau«, und sprach mir damit aus der Seele.

Es gab nie wieder Besuch eines Inspektors.

Einige Tage später kam ein braungebranntes Paar lachend auf mich zu, und erst erkannte ich nicht die Frau, der ich den Mark Twain empfohlen hatte. Sie stellte mir ihren Mann vor, der sagte, er sei nun auf den Geschmack gekommen und schon sehr gespannt auf meine nächste Empfehlung. Genau davor, sagte ich, hätte ich mich etwas gefürchtet, schließlich sei es ein Glückstreffer gewesen. Doch ich hatte diese Begegnung nach der Postkarte vorausgeahnt, und mir überlegt, welche Bücher ich als Nächstes empfehlen könnte, und meine Wahl fiel auf »Pan Aroma« von Tom Robbins, ebenfalls ein fantastischer Roman, der Geschichte, Gegenwart und Zukunft auf spannende Weise verbindet und auf »Lord Jim« von Joseph Conrad. Ein bisschen stolz bin ich darauf, dass er auch diese Bücher wieder zu Ende gelesen hat und mich eines Tages auf dem Wochenmarkt Freunden als seinen Buchhändler vorstellte.

JVA Preungesheim

Eine meiner ersten Handlungen, als ich im Freigang war und in der Buchhandlung zu arbeiten begonnen hatte, war, dass ich mir eine Pfanne und zwei Töpfe besorgte, meine Mutter hatte sich darum gekümmert, um im Freigängerhaus kochen zu können. Mit der Arbeit in der Buchhandlung konnte ich nicht mehr in der Knastkantine essen, was natürlich fantastisch, nicht der geringste Verlust, und außerdem meiner Gesundheit sehr zuträglich war. Aber ich konnte auch nicht immer essen gehen, denn ich war ziemlich pleite, und mein mageres Praktikantengehalt reichte dafür nicht aus, auch wenn ich für Logie kein Geld bezahlen musste.

Ich deponierte das Kochgeschirr also in der Küche, befestigte einen Zettel am Schrank, auf dem stand, dass dieses alle benutzen könnten, und bitte nach Gebrauch wieder abspülen. Die ersten drei Tage kochte ich mir abends meine Lieblingsgerichte, wobei mir Peter, Gino und Rolf gerne Gesellschaft leisteten. Jeder erzählte an diesen Abenden etwas aus seinem Leben, wobei die eine oder andere Story mein Geheimnis bleiben muss.

Als Freigänger konnte man Essen einkaufen und in die Anstalt mitbringen, und alles wurde bei Rückkehr am Abend genau inspiziert. So durfte man z. B. wegen Restalkohol kein Malzbier mitbringen, worüber ich eines Abends aufgeklärt wurde, als man es konfiszierte. Verärgert machten mich die Beamten der Einlasskontrolle darauf aufmerksam, dass das so im Freigänger-Regelbuch steht und ich das hätte wissen müssen, ab jetzt merken. Nach genau zwölf plus einer Stunde außerhalb der Anstalt musste man zurück sein, und manchmal wurde man dann zur Drogenkontrolle mitgenommen, so wie ich an dem Tag, als ich Lust auf Malzbier hatte.

Leider war am vierten Abend, als ich von der Arbeit zurückkehrte, alles Kochgeschirr verschwunden. Vermutlich hat es ein entlassener Häftling zur Erstausstattung seiner neuen Bleibe mitgenommen, möge ihm das Steak darin anbrennen.

Immer mal wieder kochten wir vier uns gemeinsam ein Essen im Freigängerhaus, wofür ich dann auch manchmal vor der Zeit in die Anstalt zurückkehrte. Das sparte Geld und Rolf war darüber sehr erfreut, da er sich sonst in der Hauptsache von der Kantine der Haftanstalt ernähren musste. Gino hatte neue Kochtöpfe und einige gute Rezepte aus der Pizzeria seines Onkels mitgebracht, dazu gab es dann roten Traubensaft als Weinersatz. Diese Abende endeten dann häufig in einer Skatrunde, in der um Zigaretten gespielt wurde. Weil Rolf als einziger manchmal einen Joint rauchte, spielte er oft etwas zu mutig und fantasievoll und verlor deshalb häufiger. Allerdings, vielleicht auch eine Nebenwirkung des Kiffens, machte ihm das nichts aus.

Meine Arbeit begann jeden Morgen um neun- und endete um achtzehn Uhr. Ich verließ das Gefängnis um 8.30 und hatte maximal zwölf plus eine Stunde Zeit, um zurückzukehren, musste also spätestens um 21.30 Uhr zurück sein. Warum man nicht dreizehn Stunden sagte, kann ich nicht sagen, vielleicht weil die Zahl 13 Unglück bringen könnte, es gibt ja in Flugzeugen oft auch keine Reihe dreizehn, oder in vielen Hochhäusern kein so genanntes dreizehntes Stockwerk. Jedenfalls hat man freundlicherweise zu der Verwaltungsvorschrift von zwölf Stunden Ausgang einfach eine Stunde Fahrzeit darauf gepackt.

Nach der Arbeit blieb also noch einige Zeit zur freien Verfügung. Ab und zu wurde ich von Freunden zum Abendessen eingeladen oder ich ging einfach mit einem belegten Brötchen durch die Straßen und bildete mir dabei ein, frei zu sein. Manchmal aß ich in einer Gaststätte, die einen ausgezeichneten Koch hatte und nicht allzu teuer war. Durch einen glücklichen Umstand, an den ich nicht mehr gedacht hatte, kam ich zu etwas Geld, wodurch meine kommenden Ausgaben für Essen erstmal gedeckt waren.

In der Bank

Eines Tages ging ich mit den Tageseinnahmen der Buchhandlung zur Bank, um dieses auf das Konto des Geschäftes einzuzahlen. Als das erledigt war, man vertraute mir schon nach zwei Wochen Arbeit in der Buchhandlung, so dass ich dies abwechselnd mit Kolleginnen ab und zu machte, zog ich noch einen Kontoauszug meines Girokontos. Auf dem stand, ich solle mich an einen Angestellten der Bank wenden. Ich dachte sofort, dass mir nun mein Konto gesperrt würde, weil es bereits stark überzogen war, sogar weit über dem mir eingeräumten Dispokredit. Ich wollte schon gehen, ohne mich darum zu kümmern, aber irgendwas hielt mich davon ab, den Kopf in den Sand zu stecken. Vielleicht dachte ich, was soll's, ist jetzt auch schon egal. Ich sprach also eine Bankangestellte an, die mich in ein Büro führte und mich bat, dort zu warten. Nach einigen Minuten kam ein Mann ins Büro und fragte, ob ich vielleicht einen Kaffee wollte, ich lehnte aber dankend ab. Ich vermutete, dass sich dieses Zusammentreffen sogleich als Missverständnis herausstellen würde, denn einen Schuldner zum Kaffee einladen, das wäre dann doch ein Systemwechsel.

Er saß also vor mir, blätterte in einer Unterlage und sagte dann, dass die Bank gerne wüsste, was ich mit der nun zur Auszahlung stehenden Staatsanleihe zu tun gedenke. Nach einiger Zeit des Nachdenkens, während der ich versuchte, zu verstehen, was er wohl meinte, machte er mir den Vorschlag, das Geld wieder fest anzulegen, die Bank hat da gute Anlagen im Angebot, wodurch ich mir wieder 5 % Verzinsung sichern könnte. Und da dämmerte mir endlich, worum es ging. Mein Vater hatte mir vor einigen Jahren eine Anleihe in Höhe von fünftausend DM geschenkt, bei fünf Prozent Verzinsung, und diese lief nun aus. Ich sagte ihm, dass ich da vielleicht eine bessere Idee hätte, und er sah mich etwas erstaunt an. Was mir denn da vorschweben würde, fragte er. Nun, ich könnte doch meinen Dispokredit auslösen, für den ich elf Prozent bezahle, dann den Rest des Geldes auf mein Girokonto einzahlen und außerdem meinen Kreditrahmen etwas vergrößern, sagen wir von tausend auf zweitausend Mark, damit ich in Zukunft etwas mehr Luft hätte. Sein Lachen war mehr ein Grinsen, als er meinte, dass das eine wirklich gute Idee von mir sei, und dass ich auch ein Banker hätte werden können. »Aber eben gerade nicht«, sagte ich, »weil sie haben mir ja diesen Vorschlag nicht gemacht.« Er räusperte sich, stand auf, reichte mir die Hand und sagte, »Wir machen das so, wie sie vorgeschlagen haben«.

Ich musste an Mark Twain denken der einmal gesagt hatte »Ein Bankier ist ein Mensch, der dir einen Regenschirm leiht und ihn zurückfordert, wenn es regnet.«

Nachdem sich nun meine finanzielle Situation merklich verbessert hatte, ging ich ziemlich regelmäßig in die Gaststätte mit dem guten Koch, ich hatte einige Kilos aufzuholen. Außerdem arbeitete dort eine Bekannte, der ich sehr gerne während ich aß bei der Arbeit zusah. Erst nach einer ziemlich langen Zeit erzählte ich ihr den Grund für meine regelmäßigen Besuche im Wirtshaus. Ich glaube, damit hatte sie nicht gerechnet. Eines Tages fragte sie mich, ob ich ihre Biologie-Diplomarbeit Korrektur lesen könnte, wenn ich meine freien Stunden hier verbrachte. »Ich kann es versuchen«, sagte ich, und ich tat dies sehr gerne, weil sie mir damit auch einen Gefallen tat. Auch wenn ich nicht alles verstand, interessierte ich mich doch allgemein für Biologie, und zugegeben, auch ein bisschen für sie.

Auch an den Sonntagen konnte ich die Anstalt als Freigänger verlassen und verbrachte an diesen Tagen Zeit mit der Familie oder mit Freunden. Meistens schlief ich dann etwas länger und traf mich dann mit Kumpels in unserem Kulturverein, der in einem Naherholungsgebiet liegt. Es gibt dort einen See, in dem man schwimmen kann, obwohl natürlich verboten, und oft ging ich dort zum Pilze sammeln im Wald spazieren. Unser Vereinshaus war ein schwedisches Holzblock-Bohlenhaus, das wir umsonst ergattert hatten. Es war vorher im Besitz der Münchner Verlegerfamilie Burda und wurde von einem Juwelier als Wochenendhaus im Taunus genutzt. Die Anzeige für dieses Haus gab mir ein Bekannter, der wusste, dass unser Verein eine Bleibe suchte, und noch in derselben Nacht sind der Vereinsvorsitzende und ich hinausgefahren, um uns das Haus anzusehen. Es sollte gegen eine Spendenquittung verschenkt werden und innerhalb von sieben Wochen abgebaut sein, da dort etwas Neues gebaut werden sollte. Der Bürgermeister unserer Stadt hatte uns ein Grundstück versprochen, wenn wir ein Haus hätten, das wir daraufstellen könnten, und er hat nicht schlecht gestaunt, als wir mit dem Angebot der Familie Burda um die Ecke kamen. Aber er hielt sein Wort, die Stadt stellte die Spendenquittung aus, und so bauten viele Mitglieder in sieben Wochen Arbeit das Haus vom Dachziegel bis zum Keller ab. Mit über sechzig LKW-Fahrten fuhren wir das zerlegte Haus in unsere Gemeinde, wo es vor dem Aufbau für einige Monate in einer ehemaligen Fabrik für Lederverarbeitung gelagert wurde. Von Anna Burda gab es eine kleine Extraprämie, da uns dieses Kunststück, wie sie es nannte, tatsächlich gelungen war.

Das Grundstück lag sehr gut, war aber sehr verwildert, und wir mussten mit großem Gerät über Wochen einen bebaubaren Zustand herstellen.

Während der Zeit meiner Inhaftierung begann der über ein Jahr dauernde Wiederaufbau, der durch Kredite einer Bank für gemeinnützige Vereine aus Bochum finanziell möglich gemacht wurde. Alle handwerklichen Arbeiten wurden von den Mitgliedern selbst ausgeführt. Es gab neben echten Bastelgenies auch Schreiner und Steinmetze, die die Aufsicht über die Arbeiten übernahmen.

Sonntags fanden dann auf diesem Vereinsgelände die Proben unserer seit Jahren bestehenden Trommler-Gruppe statt, die sich Anfang der neunziger Jahre auf einer Bandtour durch Italien gegründet hatte. Während meines Besuches der Tontechnikerschule, in der Zeit der Haftverschonung, hatten wir dort mit dieser Formation einige Aufnahmen gemacht, die später zum Teil auf einer CD mit dem Namen »Freigänger« gebrannt wurden.

Diese Tage, in denen ich Musik machen, singen und meine Befindlichkeit mit den Mitgliedern der Batucada Formation »Bab ane zame« teilen konnte, waren während dieser Zeit Balsam für meine Seele. Der Name in hessischer Mundart gesprochen bedeutet, jetzt kann man es allen Nicht-Hessen ja sagen, »Dreh einen Joint«.

Nach knapp einem Jahr im Freigang, in dem mir eine einwandfreie Führung attestiert wurde, gestand man mir weitere Freizügigkeiten zu. So durfte ich jetzt die Wochenenden von Freitagmorgen bis Sonntagabend außerhalb der Anstalt verbringen. Als Wohnadresse gab ich mein Elternhaus an, meine Wohnung hatte ich natürlich nicht halten können. Meistens schlief ich jedoch bei Freunden, wenn Geburtstag gefeiert, oder ein Abendessen organisiert wurde, bei dem ich dann manchmal über das Leben im Gefängnis Bericht erstatten musste.

Eines Morgens, ich hatte bei einer befreundeten Lehrerin mit Freunden die Einweihung ihrer neuen Wohnung gefeiert und bei ihr übernachtet, saßen wir gerade beim Frühstück, als ihr sechzehnjähriger Sohn in die Küche kam. Nachdem er am Tisch Platz genommen hatte, fing er ganz ungerührt an zu erzählen, er habe gestern auf einer Party zum ersten Mal Marihuana geraucht. Erst dachte ich, mich verhört zu haben und sah zu Marie, gespannt, wie sie diese Eröffnung aufnehmen würde. Sie sah ihn an und fragte, wie es denn gewesen sei, wie er sich danach gefühlt habe. Und er erzählte, er habe nicht viel gemerkt, sich aber ihren Rat zu Herzen genommen, er drückte sich natürlich anders aus, und an dem Abend keinen Alkohol getrunken, weil, man solle ja beides nicht vermischen. Ich staunte nicht schlecht, denn Marie sagte nur, dann sei es ja gut, das habe er ganz richtig gemacht.

Das war's, sie erkundigte sich noch, wen er alles auf der Party getroffen hatte, wie lange die Feier ging und wie ihm die Musik gefallen hat.

Voller Ungeduld wartete ich auf das Ende des Frühstücks, denn ich wollte natürlich wissen, wie es Marie fertiggebracht hatte, bei ihrem Sohn dieses Vertrauen zu schaffen. Wer würde seiner Mutter vom ersten Joint erzählen? Nachdem Aaron endlich gegangen war, mir brannten meine Fragen förmlich auf der Seele, konnte ich keinen Augenblick länger warten, und die Tür war gerade zu als ich sie fragte: »Weiß er von meiner Geschichte?«

»Nur so ungefähr«, sagte Marie. »Du bist ja hier und nicht im Knast. Er weiß, dass der Handel mit Marihuana verboten ist, das hab' ich ihm erklärt, trotzdem es natürlich auf jeder Party zu bekommen ist.«

Wie sie es geschafft hat, dass er ihr einfach so von seinem ersten Kiffen erzählt, das ist doch außergewöhnlich. Ja, lachte sie, das hat mich jetzt auch ein bisschen überrascht, vielleicht durch deine Anwesenheit inspiriert, aber ich hab' ja versucht so zu tun, als sei es selbstverständlich. Aaron hat mich letztes Jahr mal beim Joint drehen erwischt und mich gefragt, was ich da rauche, das sei doch nicht nur Tabak. Und dann habe ich ihm erklärt, das sei Marihuana, eine verbotene Droge, die sie selten zur Entspannung rauche. Man darf es nicht so oft rauchen, ab und zu am Wochenende, dann sei es nicht gefährlich. Und nicht mit Alkohol vermischen, entweder ein bisschen von dem einen, oder ein bisschen von dem anderen. Es gibt auch Drogen, von denen sie abrät, Pillen oder Pulver, da steckt Chemie drin, da kann man nie wissen, die können sehr schädlich sein. Wenn er mal Cannabis raucht, könne er es ihr gern erzählen, das würde sie interessieren. »Also«, sagte sie, »ich habe versucht ehrlich zu sein, denn wenn ich etwas gelernt habe von meinem Jungen, ist es, wann immer möglich die Wahrheit zu sagen.«

Generell und strikt untersagt war es den im Freigang befindlichen »Häftlingen«, den Regierungsbezirk Darmstadt während der freien Wochenenden zu verlassen. Doch schon am dritten Wochenende eröffnete sich mir die Möglichkeit, genau das, aus einem für mich verlockenden Grund, zu tun.

Unsere Trommlerformation war nämlich für einige Wochenenden für die Expo-Hannover gebucht worden. Und obwohl diese Reise ein Verstoß gegen die strenge Regel sein würde, beschloss ich nach innerem Kampf, das Risiko einzugehen und wenigstens einmal dabei zu sein. Natürlich war ich ziemlich nervös, denn ich riskierte bei Entdeckung meinen Freigängerstatus, aber da ich mein Umfeld seit bald zweieinhalb Jahren nicht mehr verlassen hatte, war der Drang nach Luftveränderung größer als die Angst.

Die Zeit der »Haftverschonung«

Zweieinhalb Jahre, weil von der Verurteilung bis zum Haftantritt schon eineinhalb Jahre vergangen waren. In dieser Zeit, während der ich die Tontechnikerschule besuchte und, wie schon berichtet, einen Job als Tonmann als sogenannter »Angler« hatte, führte mich einer der Jobs nach Dortmund und war, genau genommen, mein erster Verstoß gegen die von der Justizverwaltung erlassenen Einschränkung, auch während der Haftverschonung den zuständigen Regierungsbezirk nicht zu verlassen.

Dort, in Dortmund, hatte eine italienische Eisdiele einen Konkurrenten verklagt, der sein Eis nicht »original Italienisch« nennen dürfen sollte, da der Eismacher kein Italiener sei. Egal, meinte der Anwalt des Klägers, ob die Zutaten identisch seien. Wenn der, der den Kochlöffel in der Hand hält, kein Italiener sei, könne das Eis auch nicht original italienisch sein. Als Anwalt des Beklagten hätte ich hier den Einwurf gemacht, ob nicht diese Verhandlung der beste Beweis dafür sei, dass wir eigentlich alle vom Affen abstammen, sagte ich leise zu meinen Kollegen.

Deshalb wär ich wohl kein guter Anwalt, meinte lachend der Kameramann, er wusste nichts von meiner Verurteilung, aber der Richter hätte diesen Vergleich vielleicht als Beleidigung gewertet und ihn so gegen mich aufgebracht. Ich weiß nicht, wie die Verhandlung ausging.

Denn kurz darauf, vier Wochen vor meinem Antritt in der JVA, ging ich zu meinem Chef und kündigte den ziemlich gut bezahlten Job. Als er den Grund erfuhr, konnte er es nicht glauben, und ich musste auch ihm eine Kurzfassung meiner Marihuanageschichte erzählen. Er bot mir an, als Freigänger bei ihm zu arbeiten, was mir sehr gut tat, aber ich musste ablehnen, weil ich ja bereits einen Job in der Buchhandlung hatte. Die Bezahlung wäre sicher viel besser gewesen, aber die Arbeitszeiten hätten nicht gepasst. Aus Dortmund waren wir damals erst in der Nacht zurückgekehrt, und die Justizverwaltung hätte den Job nicht genehmigt, weil man als Freigänger an Arbeitstagen spätestens um Zweiundzwanzig Uhr zurück in der Haftanstalt sein musste. Dann kann ich mich bei ihm melden, wenn ich wieder draußen bin, sagte er, du kannst hier jederzeit wieder anfangen. Als ich ihn nach drei Jahren wieder anrief, war er mit seiner Firma nach Köln umgezogen, weil da die Auftraggeber sitzen, meinte er.

Während der Zeit der Haftverschonung musste ich mich auch jede Woche auf einer Polizeistation melden und dort in unregelmäßigen Abständen Drogentests durch Urinabgabe machen.

Dieses Polizeirevier lag tatsächlich genau über einem von mir und Freunden oft besuchten Club, dem Club 33. In ihm gab es eine kleine Live-Bühne, auf der öfters Sessions stattfanden, und er wurde von vielen Leuten verschiedenster Herkunft gerne besucht. Zum Kiffen gingen wir manchmal in die kleine Altstadt, oder auch nur um die Ecke, wo wir dann unter dem Fenster der Arrestzelle standen und rauchten. Der Chef des Clubs hatte natürlich öfters Kontakt zu den Beamten des Reviers, wobei es dann in der Regel um Ruhestörung ging. Die Polizisten wussten ganz genau, dass diese meistens von betrunkenen Gästen ausging, und sagten wohl unter vorgehaltener Hand, dass ihnen die Kiffer eigentlich keine Probleme machten. Dass viele Polizisten eine gewisse Toleranzschwelle in Bezug auf Marihuana Raucher haben, hatten Freunde und ich schon öfters erlebt.

Eine weitere Auflage, die mir bis zum Haftantritt gemacht wurde, war der Besuch einer Suchtberatungseinrichtung. Diese sollte mir schriftlich bestätigen, dass ich mich mit der vom Gericht unterstellten Drogensucht auseinandersetze und möglichst von ihr befreie. Leider gab es dafür vor Gericht keine mildernden Umstände. Eine solche Beratungsstelle gibt es auch in unserer Stadt, und eines Tages ging ich also gespannt und ohne Termin dorthin. Ich setzte mich in den Warteraum, in dem bereits zwei Männer und eine Frau saßen und es stark nach Schweiß und Alkohol roch. Die drei sahen vor sich auf den Boden und dabei sehr mitgenommen aus. Ein Sozialarbeiter bat mich in ein Büro und fragte mich, warum ich hier sei. Ich erzählte es ihm in einer kurzen Zusammenfassung und er sah mich etwas kritisch an, als er sagte, dass ich nochmals wiederkommen müsse, da sich ein angestellter Psychologe meines Falles annehmen muss. Eine Woche später saß ich also mit dem Psychologen zusammen, erzählte auch ihm meine Geschichte und ich fragte ihn, was ich tun müsste, damit er mir die Bestätigung einer Teilnahme an einer Therapie ausstellen könne. Er stand auf und sagte, ich müsse gar nichts tun, dieses Gespräch hätte ihn bereits davon überzeugt, dass ich nicht süchtig bin, ich auch über ein Jahr kein Cannabis mehr rauche und ganz offensichtlich auch kein Problem damit habe, und er hätte hier sehr viele Menschen, die seine Hilfe benötigen, für mich wäre hier kein Platz. Ich solle in zwei Wochen nochmals vorbeikommen, bis dahin hätte er mir meine Bestätigung geschrieben.

Ich interessierte mich natürlich dafür, welche Suchtprobleme am häufigsten auftreten und hier behandelt werden müssten, und in einer für den Kreis erstellten Statistik wurde festgestellt, dass in den letzten Jahren in den Suchtberatungsstellen im Jahr auf hundert Menschen mit psychischen Problemen, ungefähr fünf wegen Marihuanakonsums zu Gesprächen und Therapie kommen mussten. Die meisten Suchtkranken hatten Alkoholprobleme, waren der Spielsucht verfallen oder Konsumenten von harten Drogen wie Heroin, Chrystal Meth oder Kokain. Interessant in diesem Zusammenhang ist auch, dass der Staat die höchsten Steuereinnahmen bei möglichem Suchtbezug mit dem legalen Glücksspiel generiert, gefolgt von der Alkoholsteuer. Nach Aussage des Gesundheitsministers im Jahr 2024 belaufen sich die Steuereinnahmen beim Alkohol über den Daumen gepeilt auf etwa drei bis vier Milliarden Euro, die Ausgaben für die Folgen von Alkoholmissbrauch für den Staat auf mehr als das Zehnfache!

Die Kiffer waren allerdings seltener wegen psychischer Belastung, sondern vielmehr wegen Führerscheinentzugs aufgrund von Drogenmissbrauch zur Therapie verdonnert, die zur Zurückerlangung des Führerscheins im sogenannten MPU-Verfahren zur Bedingung gemacht wurde. Selbst das Mitführen von Marihuana im Auto konnte einen Führerscheinentzug zur Folge haben, auch wenn bei einer Blutuntersuchung der THC Grenzwert von 1,0 Nanogramm nicht überschritten wurde und davon ausgegangen werden musste, dass der Fahrer seit mehreren Tagen kein Cannabis konsumiert hatte. Das wäre in etwa so, als wenn ein Autofahrer den Führerschein abgeben müsste, weil er einen Kasten Bier im Auto transportiert, ohne eines getrunken zu haben.

Ich habe selbst einige Bekannte, denen das so ergangen ist. Alles fleißige Leutchen, reine Konsumenten, und weit davon entfernt, abhängig zu sein.

Alkohol und andere Drogen, wie zum Beispiel Kokain, werden dabei im Körper viel schneller abgebaut als Cannabis, sagt die Wissenschaft. Dies zeigt an, dass Cannabinoide vom körpereigenen Abwehrsystem als nicht so giftig wahrgenommen werden.

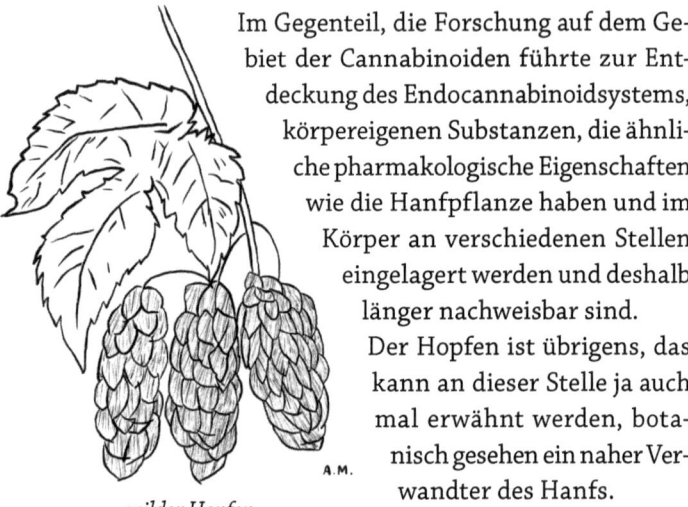

wilder Hopfen

Im Gegenteil, die Forschung auf dem Gebiet der Cannabinoiden führte zur Entdeckung des Endocannabinoidsystems, körpereigenen Substanzen, die ähnliche pharmakologische Eigenschaften wie die Hanfpflanze haben und im Körper an verschiedenen Stellen eingelagert werden und deshalb länger nachweisbar sind.

Der Hopfen ist übrigens, das kann an dieser Stelle ja auch mal erwähnt werden, botanisch gesehen ein naher Verwandter des Hanfs.

Bei mir in der Region wächst der wilde Hopfen gerne in der Nähe des Flussufers, ein Hanfgewächs in der Ordnung der Rosenartigen. Zerreibt man den Blütenstand der weiblichen Pflanze, den sogenannten Hopfenzapfen oder Dolden, mit den Händen, riecht es nach Marihuana.

Expo Hannover

Am Freitag ging's dann also nach der Arbeit los Richtung Hannover, ich fuhr bei einem Freund mit, da ich die Fahrt mit dem eigenen Auto als zu riskant einschätzte, und wir kamen spät abends auf der Expo an. Natürlich waren die Bandmitglieder eingeweiht, und in der Umkleidekabine für Künstler appellierte ich, unbedingtes Stillschweigen über meinen Status zu wahren, damit niemand davon erfährt, vor allem keiner vom Sicherheitspersonal vor Ort.

Das Wetter war sonnig, und so war es unauffällig, dass ich mit tief ins Gesicht gezogener Baseballkappe und Sonnenbrille über das Gelände lief, denn es waren einige Fernsehteams unterwegs. Es war schon vorgekommen, dass wir dabei gefilmt wurden, wie wir auf Umzügen trommelnd durch Städte liefen und dann abends im Fernsehen in Nachrichtenreportagen zu sehen waren. Ich stellte mir vor, wie die stellvertretende Direktorin mich in einem Bericht der Tagesschau über die Expo die Trommel schlagend wieder erkannte und vor Schreck ihr volles Glas Rotwein auf den neuen Flokati fallen ließ. Ich hätte wahrscheinlich Bekanntschaft mit dem Knast in Butzbach gemacht, der, wie bereits erwähnt, einen ziemlich schlechten Ruf hat.

Durch die vielen Kilometerläufe während meiner Arbeitszeit hatte ich konditionell keine Probleme die langen Märsche über das Expo-Gelände zu schaffen, aber so ganz verließ mich das mulmige Gefühl, jemand könnte mich erkennen, nie.

Bevor ich mich mit ein paar Freunden auf die Rückfahrt machte, inspizierte ich das Auto. Ich wollte nicht wegen eines defekten Rücklichts angehalten werden und dachte dabei natürlich an René, den unfallfreien Taxifahrer mit gefälschtem Führerschein und Knastbruder.

Auf der Rückfahrt bat ich die Fahrerin dann, so zu fahren, als sei ich ein Fahrlehrer und dies ihre Führerscheinprüfung.

JVA Preungesheim

Wir kamen heil wieder in Offenbach an und niemand, der es nicht wissen durfte, hatte meine Reise nach Hannover mitbekommen, und am Sonntag Abend war ich rechtzeitig im Knast zurück. Eine weitere Regel, während des Wochenendausgangs in der von mir zu diesem Zweck angemeldeten Adresse, meinem Elternhaus, zu übernachten, hatte ich nur selten befolgt. Theoretisch hätte es passieren können, dass ein Justizinspektor dies überprüft, aber es kam in all der Zeit nicht vor, wahrscheinlich, weil es nur schwer zu beweisen gewesen wäre.

Trotzdem also alles gut gegangen war, hatte mich diese unerlaubte Reise ins vierhundert Kilometer entfernte Hannover psychisch belastet. Vielleicht war dies mit ein Grund dafür, warum ich mich am nächsten Morgen im Bad beinahe nicht wieder erkannte.

Ich stand jeden Morgen um 7.30 Uhr auf, um in die sanitäre Gemeinschaftsanlage zu gehen. Eine Stunde früher war diese völlig überlaufen, da es nur sechs Duschen für über zwanzig Männer in unserem Haustrakt gab. Die meisten mussten um Acht auf der Arbeit sein, und so staute es sich, und jeder wurde zur Eile getrieben. Wenn ich dann kam, ich musste erst um Neun in der Buchhandlung sein, waren die meisten schon weg. Ich öffnete dann das Fenster, um die Nebelschwaden zu befreien, polierte den beschlagenen Spiegel und erschrak sehr.

Mein Dreitagebart war über Nacht weiß geworden.

Wie bei meinem Großvater, erinnerte ich mich an die Erzählung aus der Familie, der nach dem Krieg und nach zwei Jahren amerikanischer Gefangenschaft an der Tür seines Hauses klingelte. Meine Großmutter dachte, er sei ein fahrender Händler und wollte ihn schon wegschicken, da sagte er »Ich bin's, der Ferdinand.« Jetzt erkannte sie ihren Mann, der abgemagert und mit weißem Bart vor ihr stand. Er hatte das Lager nur überlebt, weil dort internierte Ärzte ihn während einer lebensgefährlichen Erkrankung gesund gepflegt hatten.

Von dem Tag an rasierte ich mich jeden Morgen.

»Eins und eins ist nicht zwei«, Bob Dylan

Tautologisch ausgedrückt, ich bin subjektiv, möchte ich an dieser Stelle kurz über Drogen schreiben. Hier und da wird meine Meinung durchscheinen, und so möchte ich wie Voltaire sagen, wer anderer Meinung ist, soll es gerne sagen, ich würde dafür kämpfen, dass er dies darf, denn dies ist die Welt, in der ich leben möchte, es sei denn, die Meinung ist rassistisch, möchte ich für mich an dieser Stelle gerne ergänzen, der Aufklärer wird es vergeben.

Verbote über Drogen gab und gibt es überall auf der Welt. In manchen Ländern ist es der Alkohol, in anderen Cannabis, ich möchte hier von »weichen« Drogen reden. Ich erinnere mich an meinen Vater, der Pilot und beruflich öfters in muslimischen Ländern zu Gast war. Nicht nur in Riad, der Hauptstadt Saudi-Arabiens, galt zu seiner Zeit bei Androhung harter Strafen ein striktes Alkoholverbot. Trotzdem, so hat er mir einmal erzählt, gingen dort am späten Abend Kellner mit Whiskyflaschen auf dem Tablett durch die Hotelflure und blieben vor mancher Tür kurz stehen, wenn ein ausgestreckter Arm sich eine der Flaschen griff. Ein Bekannter arbeitete in den neunziger Jahren als Informatiker für die USA in Kuwait. Im Garten auf dem Grundstück eines Kollegen feierten alle eine Geburtstagsparty, als kuwaitische Beamte einen Mitarbeiter auf dem Gelände wegen Trinkens von Alkohol in der Öffentlichkeit verhafteten. Der Amerikaner kam erst nach zwei Monaten Gefängnis und der Zahlung eines Lösegeldes, so muss man es wohl nennen, wieder frei. Er hatte noch Glück, für das amerikanische Militär zu arbeiten.

Das Recht und die Gesetze sind aber keine Wissenschaft, sondern ein sich mit der Zeit immer wieder veränderndes, von Menschen ausgehandeltes Regelwerk, in allen Ländern verschieden, das sich eben nicht auf wissenschaftliche, sondern auf ethnische und sozio-kulturelle Besonderheiten und Traditionen des jeweiligen Landes und nicht zuletzt, durch das jeweils herrschende politische System begründet. Ein moderner, in die Zukunft schauender Staat stellt diese Regeln immer wieder auf den Prüfstand.

Statistisch gesehen ist der Alkohol die weltweit gefährlichste Droge der Welt. In Deutschland sterben an verbotenen Drogen jährlich etwa zweitausendfünfhundert Menschen, im gleichen Zeitraum an Alkohol bald zwanzigmal so viel.

Während der Prohibition in den USA zwischen 1920 und 1933 war der Alkohol landesweit verboten.

Die vielleicht gute Absicht, durch das Verbot die Gesundheit der Amerikaner zu verbessern, wurde hier aber in ihr Gegenteil verkehrt.

Nicht nur dass genauso viel getrunken wurde wie vor der Prohibition, es bildeten sich nämlich im ganzen Land sogenannte »Speakeasys«, Flüsterkneipen, in denen still und heimlich weiter Alkohol ausgeschenkt wurde. Um den um keinen Liter gesunkenen Bedarf zu decken, schossen außerdem kleine Schwarzbrennereien zu Tausenden wie Pilze aus dem Boden und die Anzahl der Todesfälle und Erblindungen durch »schlechten« Methylalkohol stieg rasant an. Jeder wollte an den durch das Verbot gestiegenen Preisen und den nun steuerfreien und dadurch enorm gestiegenen Profiten mitverdienen. Das Verbot führte deswegen zu tödlichen Revierkämpfen konkurrierender Alkoholschmuggler, in denen ungezählte Menschen ihr Leben ließen. Dass man den Killer und Alkoholschmuggler Al Capone nur wegen »Steuerhinterziehung« ins Gefängnis bringen konnte, mutet heute geradezu absurd an.

Bemerkenswert auch, dass die Mafia in den USA aber eigentlich dagegen war, das Alkoholverbot wieder aufzuheben, schließlich hat man sehr gut damit verdient. Dies zeigte sich in der Aufarbeitung dieser Zeit, in der herauskam, dass sie durch großzügige Geldspenden an die Prohibitionsbefürworter dies politisch zu verhindern versucht hat.

Dieses Verbot hatte in der Realität also einen großen Teil der Gesellschaft kriminalisiert, in Angst und Schrecken versetzt und brachte außerdem keinen gesundheitlichen Nutzen.

Um es salopp zu sagen, die meisten Amerikaner fanden, dass das strikte Alkoholverbot eine Schnapsidee war.

Nicht zuletzt um eine Beschäftigung für die enorm angewachsenen Prohibitionsbehörden zu schaffen, wurde dann Marihuana als die neue Schreckensdroge auserkoren und 1936 in den USA verboten. Cannabis war nicht nur eine berauschende Konkurrenz zur Droge Alkohol, die nebenbei bemerkt nicht körperlich abhängig macht, sondern eben auch als Produkt für Steuereinnahmen nicht interessant, weil es jeder unkompliziert selbst anbauen konnte und es überdies überall von alleine wuchs.

Viele Interessierte nehmen in diesem Zusammenhang auch an, dass dieses Verbot auch der chemischen Industrie sehr gelegen kam. Die ein Jahr zuvor, 1935 von DuPont entwickelte Kunstfaser Polyamid, von der Industrie »Nylon« genannt, stand zu dem seit Jahrhunderten genutzten Hanf nämlich in vieler Beziehung in Konkurrenz.

Nach dem Abitur in den Achtzigerjahren war ich mit drei Kumpels durch Kalifornien, Arizona und Mexiko getrampt. Ausnahmslos alle, die uns in ihren Autos mitnahmen, vom Farmer über den Anwalt, vom Kriegsveteran bis zum Arzt, haben uns zum Pot-Rauchen, damals verboten, eingeladen.

In Amerika mischte man das Gras damals nicht mit Tabak, sehr schlau, da nur das Nikotin körperlich abhängig macht. Den letzten Rest des Joints verbrannte man dann mithilfe einer Pinzette unter der Nase, ich glaube auch, um keine Beweise im Aschenbecher zurückzulassen.

Stand heute ist in vierundzwanzig von fünfzig US-amerikanischen Bundesstaaten der Cannabisbesitz und -gebrauch legal, in weiteren neun ist der Konsum zu medizinischen Zwecken erlaubt, und in weiteren sieben steht die Legalisierung bevor.

Auf einem Trip nach Arizona an den Grand Canyon fiel uns auf, dass Alkohol dort in der Öffentlichkeit nur in braunen Papiertüten getrunken werden durfte. Auch jedes Kind wusste also sofort, wer aus einer solchen Tüte trinkt, trinkt Alkohol und ist noch dazu wahrscheinlich bewaffnet.

Also ehrlich, jetzt aber mal, großer Manitu, was sagst du dazu?

In Mexiko verbrachten wir in der schönen Hafenstadt Hermosillo an der Bahia California mit Ozeanographie Studenten eine schöne Woche. Zu unserer Begrüßung wurde ein Fest organisiert, auf dem es Marihuana und Mescal gab. Wir tanzten die ganze warme Sommernacht auf der Dachterrasse der Studenten-WG, aßen scharfe Sachen und tranken Bier. Das waren wunderbare

Tage, an denen wir auf Ausflügen in der Bahia California einmal einer Delfinschule bei ihrem verspielten Unterricht zusehen konnten und Abends auch mal gemeinsam ein Spiel der gerade laufenden Fußball-WM schauten. Leider haben wir damals das Finale verloren.

Der Oberste Verfassungsgerichtshof in Mexiko hat ein Cannabisverbot für rechtswidrig erklärt und jeder kann einen Antrag auf Anbau von Cannabis stellen.

Bei den oft brutalen Bandenkriegen in diesem Land geht es um den Handel mit Kokain, einer für Konsumenten teuren und gefährlichen, weil persönlichkeitsverändernden Droge, mit der vor allem mit wohlhabenden Konsumenten riesige Gewinne gemacht werden.

In Kanada ist Marihuana seit Zweitausendfünfzehn legal.

Ein großes und wissenschaftlich begleitetes Projekt und ein für alle Interessierten an fundierten Erkenntnissen lohnendes Experiment.

Seit dem ersten Januar 1930 war Cannabis in Deutschland verboten, es wurde jedoch weiter gegen Rezept als Arznei in Apotheken verkauft.

Als solches, nämlich als Arznei, kam Cannabis auch bei einer Freundin von mir während meiner Zeit als Freigänger zum Einsatz. Ihr Sohn wurde mit einem leberzerstörenden Virus geboren. Sie entschloss sich zu einer Lebendspende eines Teils ihrer Leber in einer Transplantationsklinik in Hannover. Nach der OP lag sie mit weiteren Spenderinnen auf der Intensivstation. Um die großen Schmerzen zu lindern, wurde Morphium intravenös verabreicht. Dieses sollte dann nach und nach reduziert werden, um eine Abhängigkeit zu verhindern. Nach mehr als einer Woche, in der sie kaum Schlaf fand und die Gabe von Morphium aufgrund der Schmerzen weiter jeden Tag stattfand, kam ihr Bruder sie besuchen und brachte einen Schuhkarton voll Marihuana mit. Nachdem die beiden einen Joint geraucht hatten, ließ die Verkrampfung der Bauchdecke das erste Mal seit der OP spürbar nach und sie wollte aufstehen, um ihren Sohn zu besuchen, den sie seit dem Eingriff nicht mehr gesehen hatte. Die Schwester löste den Morphiumschlauch, sie wurde in einen Rollstuhl gesetzt, und gemeinsam mit ihrem Bruder und ihrem Mann machte sie sich auf die Suche nach ihrem Kind. Auf dem Gang begegneten sie ihrem Operateur, der sich überrascht an sie wandte und fragte, ob sie keine Schmerzen mehr habe. Nein, sagte sie, sie habe Cannabis geraucht, und jetzt gehe es ihr besser, die Krämpfe sind weg und sie wolle ihren Sohn besuchen. Gut, meinte der Chirurg, wenn es hilft, sehr gut. Ihr Marihuanakonsum wurde toleriert.

Ein weiteres Beispiel, indem das Marihuana der weiblichen Pflanze, also mit psychisch aktivem THC-Gehalt, ärztlich verschrieben, den Krankheitsverlauf mildert und die Lebensqualität deutlich verbessert, ist das eines Bekannten mit MS. Die Anzahl der spastischen Muskelreaktionen ist deutlich zurückgegangen, was wohl an der entspannenden Wirkung von Cannabis liegt. Auf die Gabe der üblichen und sehr teuren Depotspritze kann er seitdem verzichten.

In einigen Berichten ist in den letzten Jahren von erfolgreichem Alkoholentzug mit Hilfe von Cannabis zu lesen. Leider gehen viele Landessozialgerichte in ihren Urteilen nicht auf diese positiven Erfahrungen ein. Kürzlich las ich wieder mal in einem Zeitungsartikel, also für Jedermann und -frau zugänglich, dass zwei ehemals Alkoholabhängige ihre Sucht im vierten Anlauf mit Hilfe einer Cannabis Therapie besiegen konnten. Sie beschrieben den Unterschied so.

Alkohol ist ein Rauschgift, Cannabis ein Rauschmittel. Cannabis kann übrigens auch in warmer Schokolade oder als Keks zu sich genommen werden, man muss es also nicht rauchen.

Die jahrhundertelang die Landschaft in Deutschland prägenden Hanffelder, die Bauern rauchten auch ganz gern mal den

»Knaster« genannten Nutzhanf, war eine in vielen Gewerken genutzte Pflanze. Sie fand in der Textilindustrie, der Schifffahrt, dem Hausbau, oder zum Beispiel auch der Feuerwehr, deren Schläuche aus Hanf waren, eine vielseitige Verwendung. Die Pflanze, der Baumwolle in Sachen Haltbarkeit, Erzeugung und Nachhaltigkeit mindestens ebenbürtig, verschwand nach dem Krieg jedoch mehr und mehr.

Das Cannabisverbot in Deutschland begründete man damit, dass diese Droge faul und arbeitsscheu macht.

Erst 1958 erhielt dagegen Heroin in Deutschland offiziell den Status einer illegalen Droge!?

Heute wird Hanf mit niedrigem THC-Gehalt wieder in ganz Europa angebaut. Sein aus dem Samen gewonnenes Öl und seine Fasern finden wieder Verwendung in der Baubranche, der Textilindustrie, der Kosmetik- und Gesundheitsindustrie.

In Großbritannien versuchte man den Konsum von Alkohol zu reduzieren, indem die Pubs um elf Uhr abends schließen mussten. Der Grund dafür war wohl, dass die allzu verkaterten Arbeiter in den Munitionsfabriken während des ersten Weltkriegs zu viele Blindgänger produzierten. In diesem speziellen Fall kann man sagen, dass der Suff wohl ungewollt und ausnahmsweise mal Menschenleben gerettet hat.

Das Betäubungsmittelgesetz von heute begründet ja die unterschiedliche Behandlung von Alkohol und Cannabis unter anderem damit, dass ein Alkoholkonsument einen Dritten nicht unmittelbar schädigt, ein Cannabisraucher durch Passivrauchen aber schon. Ein Blick in die Statistik über Gewaltverbrechen und Gewalt in der Familie unter Alkoholeinfluss sowie in die jährliche Autounfall-Statistik und deren Ursachen beweist, es ist umgekehrt. Ein weiteres Argument ist, dass man den Alkohol aufgrund der vielen Konsumenten eh nicht verbieten kann, ein Verbot sich deshalb nicht durchsetzen liesse. Vermutlich richtig, es könnte nämlich sein, dass man sich dann als Politiker von der Macht verabschieden müsste. Eine Partei, die in Deutschland den Alkohol verbieten wollte, würde wohl an der Fünfprozentklausel scheitern.

Im Umkehrschluss hieße das aber auch, es müssten nur ein paar Millionen Menschen mehr kiffen, dann macht ein Verbot keinen Sinn mehr, obwohl es sich ja, wenn man ehrlich ist, auch für Cannabis nicht wirklich durchsetzen ließ. Einige Verfassungsrechtler machen, wenigstens in diesem speziellen Bezug, zurecht darauf aufmerksam, dass ein willkürliches Strafrecht keine Bagatelle ist.

An einem Samstagnachmittag während des Freigangs bekam ich an einem Parteienstand mal einen Flyer in die Hand gedrückt, auf dem stand, wir bräuchten mehr Polizei zur Bekämpfung der Kriminalität. Da hab' ich dann gesagt, wir brauchen nicht mehr Polizei, sondern weniger Kriminalität. Das hat die Dame nicht verstanden. Zur Erklärung, wie ich das meine, erzählte ich ihr von einem Bekannten, der mir mal erläutert hat, das die Jugendkriminalität messbar um zehn bis fünfzehn Prozent steigt, wenn man zum Beispiel ein Stadtteil-Jugendzentrum schließt. Leider passierte dies in den letzten Jahren in unserer Stadt des Öfteren. Dafür gibt es nun einige Polizeistationen mehr, was auf Dauer sicher kostspieliger und, durch mehr Kleinkriminalität, für die Bevölkerung auch ärgerlicher ist. Mein Bekannter ist Dozent an einer Hochschule und hat dies in seiner vierzigjährigen beruflichen Praxis ganz einfach festgestellt. Der Mann fragt sich oft, wozu man eigentlich Jahrzehnte lang geforscht hat.

In Uruguay wurde Marihuana 2014, natürlich auch hier nur für Erwachsene, legalisiert. Der wegen seines bescheidenen Lebenswandels sehr beliebte und als »ärmster Präsident der Welt« bezeichnete Josè Mujica, genannt »El Pepe«, Blumenhändler und während der Militärdiktatur vierzehn Jahre in Haft, schrieb in einem zweiseitigen Artikel in der Wochenzeitung »Die Zeit«, dass sich nur einige Apotheker, ein paar Juristen und vor allem die Mafia gegen die von seiner Regierung im Parlament knapp durchgesetzte Legalisierung dauerhaft beschwert hätten.

José Mujica meinte, dass seine Regierung auf eine Realität reagiert und nicht eine neue geschaffen hat.

Als ich vor Jahren das erste Mal Mallorca besuchte, blieb ich für einen Tag in Palma, um mir die Stadt und ihre berühmte Kathedrale der Heiligen Maria und das von Gaudi geschaffene Presbyterium anzusehen. Schon mittags begegneten mir Horden wildpinkelnde und speiende, betrunkene Wochenendurlauber, und ich sah in so manch angewidertes Gesicht der Einheimischen. Mein Tipp für die von den rücksichtslosen Komasäufern am Ballermann gestressten Mallorquiner, erlaubt das Kiffen!

Die Fußball-EM

Im Sommer 2000 fand eine Fußball-EM in Holland und Belgien statt. Am Abend schaute ich dann manchmal ein Spiel, eine schöne Ablenkung für die in der Einsamkeit meiner Zelle manchmal aufkommende Melancholie.

Eines Abends sah ich in einer Reportage einen Bericht über Rotterdam, einer Spielstätte der EM. Interviewt wurde der Bürgermeister der Stadt, der erklärte, warum in und um das Stadion herum zwar Alkoholverbot galt, Marihuana allerdings erlaubt wurde. Das sei ganz einfach, sagte er, Alkohol mache die Fans aggressiv, Cannabis dagegen stimme sie friedlich.

Noch während der EM wurde natürlich auf die sehr zu Randalen neigenden Fangruppen aus Rotterdam besonders geschaut, aber der unter dem Namen »Sportzigarette« bekannt gewordene Joint hatte seine Wirkung nicht verfehlt. Die Rechnung des Bürgermeisters ging auf und die befürchteten Ausschreitungen blieben aus. Die sonst von Bengalos herrührenden Rauchschwaden wurden nun von singenden und fraternisierenden Fangruppen durch gemeinsames Marihuanarauchen erzeugt. Im ganzen Stadion konnte man das Cannabis riechen, wie vereinzelt aus den launischen und eher belustigt wirkenden Moderationen der Sportjournalisten herauszuhören war. Ich ging in den nächsten Tagen in der Buchhandlung alle Zeitungsartikel zum Thema durch und zeigte sie meinen Kollegen.

Die meisten ließen ein Seufzen hören, denn sie konnten sich denken, dass mich diese Nachrichten wieder etwas mit meinem Schicksal hadern ließen.

Obwohl mir die Arbeit in der Buchhandlung Spaß machte und ich mittlerweile einige Freiheiten genießen konnte, dachte ich nun öfters darüber nach, wie es in meinem Leben weitergehen sollte, nachdem ich aus dem Gefängnis entlassen worden wäre. Rolfs Angebot, mit ihm und seiner Klicke rumzuhängen und nach »Gelegenheiten« Ausschau zu halten und mit der Country Band »Wild Horses« in zwielichtigen Kneipen zu spielen, konnte ich mir nicht vorstellen. Mir einen Auftritt anschauen oder als Gast mal mitjammen, wär' mir eine Ehre, sagte ich. Zu den Gelegenheiten schwieg ich lieber, weil immer mit einem Bein im Knast, wollte ich nicht riskieren. Möglichst nie mehr in irgendeiner Form mit der Justiz in Berührung kommen hatte ich mir innerlich und mantramäßig immer wieder geschworen.

Meine größte Liebe galt der Musik. Ich konnte ganz ordentlich Gitarre und Klavier spielen, mein erster und sehr guter Klavierlehrer war Posaunist beim Hessischen Rundfunk, und ich bin auch kein ganz talentfreier Schlagzeuger. So nahm ich mir fest vor, mich in diese Richtung weiterzuentwickeln, auch weil mich die Lust zum Musikmachen nie verlassen hat. Schon kurze Zeit später ergab sich dafür wieder eine schöne Gelegenheit.

Gießen

Unsere Trommelformation erhielt eine Einladung zu einem »Karneval der Sambagruppen«, einem Straßenumzug in Gießen, und einem am selben Abend in einem ehemaligen Army-

Hangar stattfindenden Happening, bei dem unsere Band noch einen Live-Auftritt haben sollte. Wir erarbeiteten dann für unser Programm jeden Sonntag ein paar neue Nummern, und, um unseren Stimmen etwas Schliff zu verleihen, engagierten wir eine Gesangslehrerin, die mit uns einige Male trainierte.

Am Auftrittstag fuhren wir mit zwölf Musikern nach Gießen, wobei mein Auto wieder nicht zum Einsatz kam, da ich mich wieder ohne Erlaubnis aus dem Bezirk entfernte.

Der Umzug war eine große Sache, Hunderte Trommler und Tänzer zogen durch die Stadt und feierten dieses Event mit Gruppen aus ganz Deutschland. Ich hatte mir einen weißen Turban gebunden, abgeschaut bei Timbalada-Formationen aus Salvador de Bahia, trug eine amerikanische Sonnenbrille und eine weiße Panasiam, eine thailändische Fischerhose. Es konnte mir nicht international und exotisch genug sein, bestimmt hätten mich auch meine Brüder nicht wieder erkannt. Ich gab Vollgas und schrie regelrecht die Lieder zu den Rhythmen heraus. Auf jedem Kilometer des klebrigen, heißen Asphalts ließ ich etwas von meiner Wut und Angst liegen, und als wir Abends in der Künstlergarderobe auf unseren Bühnenauftritt warteten, war ich, ganz untypisch, die Ruhe selbst. Allerdings machte ich mir dann doch etwas Sorgen, denn es kreisten unzählige Joints von einem zum anderen, die ganze Garderobe war geschwängert vom Geruch nach Marihuana und Caipirinha, es waren mehr als zwanzig Musiker samt Instrumenten im Raum und alle redeten durcheinander. Ich hoffte, dass wir unser Programm einigermaßen über die Bühne bringen würden, denn ich wusste natürlich, dass zuviel der guten Drogen auch nicht förderlich war, vor allem, wenn man zeitnah noch einige Texte zum Besten geben musste. Endlich waren wir an der Reihe und es wurde einer der schönsten Auftritte, an den ich mich erinnern kann. Als alle Bands gespielt hatten, wurde unsere Formation vom Publikum nochmal auf die Bühne gefordert, wir sollten noch einige Zugaben spielen. Wir waren alle happy, denn an diesem Abend hörten wir viele sehr gute Batucada-Bands, doch den Schlusspunkt durften wir setzen.

Am nächsten Tag, natürlich einem Sonntag, musste ich unbedingt mich und alle meine Klamotten waschen, weil mich sonst vermutlich, ich roch wie ein Hanfbauer nach der Ernte, der manchmal im Einsatz befindliche Drogenspürhund beim Knasteinlass direkt angefallen hätte.

Wieder ging alles gut, und ich musste auch keinen Drogentest machen, als ich am Abend in die Anstalt zurückkehrte. Natürlich hatte ich nicht einmal am Joint gezogen und auch keinen Tropfen Alkohol getrunken.

Dies fiel mir zwar nicht sonderlich schwer, aber es ist schon etwas traurig, als einziger Mensch nüchtern auf einer rauschenden Party zu sein. Angeblich konnten die Drogentests aber auch passiv Rauchen nachweisen, und man durfte sich daher eigentlich nicht in kiffender Gesellschaft aufhalten, was an meinen freien Feierabenden damals fast unmöglich war.

Am nächsten Tag in der Buchhandlung fühlte ich mich so gut, dass es meinen Kollegen auffiel. Birge sagte, dass es sie freue, mich so glücklich zu sehen, es sei auch Frau Rademann aufgefallen. Sie habe auch gerade mit ihr gesprochen und wenn ich Zeit fände, solle ich mal zu ihr hoch kommen. Ich ging also zu ihr und sie bat mich, Platz zu nehmen und fragte mich, ob ich einen Kaffee mit ihr trinken wolle. Ich sei ja nun über ein Jahr hier in der Buchhandlung und sie und auch die Geschäftsleitung seien sehr zufrieden mit meiner Entwicklung und so gibt es ab dem nächsten Monat etwas mehr Gehalt für mich. Sie habe auch ab und an mit der Gefängnisleitung telefoniert und auch dort ist alles, wie es sein soll. Sie hat auch den Eindruck, dass ich mich mit meiner Situation arrangiert habe und meinen Weg durch diese Zeit gehen werde. Die freien Wochenenden scheinen mir außerdem sichtlich gut zu tun, was sie sehr freue. Was ich denn so unternehme in meiner freien Zeit, sie nehme an, dass ich mich musikalisch betätige.

Sie können sich vielleicht denken, warum ich diese Frau nicht anlügen konnte und auch nicht wollte. Als Erstes weil ich ihr vertraute, und ich außerdem das Gefühl hatte ein offenes

Buch für sie zu sein. So öffnete ich ihr wieder mein Herz, erzählte ihr von Hannover, von den schönen Augenblicken und den mich begleitenden Ängsten, vom vergangenen Wochenende in Gießen, unserem Erfolg und meinem Gefühl, mich durch die Musik und den Gesang von vielen Lasten befreien zu können, sozusagen eine Art Urschreitherapie, weshalb ich mich heute zum ersten Mal nach langer Zeit unbeschwert fühle, trotz des eingegangenen Risikos.

Wie es ihre Art war, dachte sie eine ganze Zeit lang nach über das, was ich ihr erzählt hatte.

Es würde ihr leidtun, wenn ich meinen Freigängerstatus verlöre, meinte sie schließlich, ich sei ihr eine echte Hilfe und den Mitarbeitern ein guter Kollege. Sie will mir keinen Vorwurf machen, weil natürlich Musik machen an sich etwas Gutes ist. Das ich dazu den Bezirk unerlaubterweise verlasse, spielt in ihrer Betrachtung eine untergeordnete Rolle, weil ihr diese Regel auch nicht plausibel erscheint. Warum sollte ein Freigänger zum Beispiel nicht Verwandte besuchen dürfen, die außerhalb des Bezirks leben. Dies könne für eine Reintegration doch förderlich sein.

Aber an ihr läge es nicht, dies zu entscheiden, doch wird sie natürlich alles, was ich ihr anvertraue, für sich behalten. Ich solle ihr nur bitte nicht vorher von meinen abenteuerlichen Unternehmungen erzählen, damit sie sich keine Sorgen zu machen braucht, sie keine Mitwisserin sei und deshalb gegebenenfalls dem Dilemma ausgesetzt wird, aus Überzeugung die Unwahrheit sagen zu müssen.

Und nun wollte sie mich noch fragen, ob ich Lust hätte, mal eines der Schaufenster zu dekorieren, nächste Woche, bis dahin könnte ich mir ja mal Gedanken darüber machen und die vorhandenen Utensilien in der Dekorationsmittel-Kammer inspizieren.

Thema »Alpinismus«.

Der Winter kam und mit ihm die Vorweihnachtszeit. Jeden Tag kamen mehr Kunden, der Monat Dezember war, wie ich bald bemerkte, der wichtigste Verkaufsmonat, in ihm gingen so viel Bücher über den Ladentisch wie sonst wohl in vier oder fünf

Monaten. Hinter den Kulissen bereiteten einige Buchhändlerinnen und Frau Rademann außerdem unsere Weihnachtsfeier vor, man merkte ihnen den Spaß an, den sie dabei hatten, für jeden Kollegen in der Buchhandlung ein Geschenkpaket zu schnüren, und taten dabei recht geheimnisvoll. Ich hatte Mühe, die vor dem Eingang postierten zwölf Büchertische mit Waren aus dem modernen Antiquariat immer wieder aufzufüllen und half zwischendurch an der stark frequentierten Kasse aus, verpackte Bücher in Geschenkpapier und schaffte nun bald zwei in einer Minute, inclusive Sternchen-Deko und Schokoladen-Weihnachtsmann. Für mich hatte die Arbeit im Dezember etwas meditatives, da zum Kopf zerbrechen keine Zeit war.

Die Zeit vergeht ja wohl für uns alle mal schneller und mal langsamer. Es gibt jedoch etwas in Bezug auf sie, was einem Gefangenen, oder auch Freigängern wie mir, nicht passieren darf. Dies lernte ich am folgenden Wochenende.

Am Freitag vor dem zweiten Advent war ich eine halbe Stunde früher als sonst, um acht Uhr morgens, von Preungesheim aus aufgebrochen, um wegen der vielen Arbeit zeitlicher in der Buchhandlung zu sein. Am Abend nach Schließung des Geschäfts war dann die Bescherung geplant. Herbert hatte mich ein paar Tage vorher auf den Arm nehmen wollen und gefragt, wie viele der Geschenke ich denn schon zusammen hätte, dann aber gelacht und gesagt, dass ich keine zwanzig Pakete schnüren müsste. »Gott sei Dank«, erwiderte ich, denn bei knapp zwanzig Angestellten und den dann insgesamt fast vierhundert Geschenken hätte das Auspacken wohl Tage gedauert. Heute beschenkte die Buchhandlung ihre Mitarbeiter, aber wir hatten natürlich auch ein Geschenk für Frau Rademann.

Ich war gespannt, was ich wohl bekommen würde. In meiner Fantasie dachte ich an Strickleitern, einen Universalzweitschlüssel für Handschellen oder einen hervorragend gefälschten Pass einschließlich Flugticket nach Montevideo. Rio, dachte ich, wäre zu naheliegend.

Wie sich dann zeigte, waren in den Geschenken zum Teil Werbebeilagen der Verlage verpackt, die entsprechend bestimmter Themen Gimmicks in den Buchsendungen mit verschickt hatten. In meinem Geschenk lag eine kleine Standuhr aus Stein mit der passenden Aufschrift »As Time Goes By«, einem mit dem Film Casablanca weltberühmt gewordenem Musical-Song von Herman Hupfeld. Sehr passend dachte ich, und dazu ein Buch mit dem Titel »Mr. Nice«, das ich bis dahin noch nicht kannte.

Es handelt von Howard Marks, dem wohl größten Cannabis-Dealer, den es je gab. Er ließ ganze Schiffe um die Welt fahren und wurde dann von der DEA geschnappt und zu fünfundzwanzig Jahren Gefängnis verurteilt. Nach sieben Jahren wurde er vorzeitig entlassen und kehrte nach Großbritannien zurück, wo er Jahre lang in TV-Shows auftrat, natürlich mit rauchenden Joints.

Am Sonntagabend saß ich dann noch in meiner Lieblingsgaststätte und las in der ziemlich spannenden Biografie von Marks, bis die Zeit gekommen war, in die Anstalt zurückzukehren.

Als ich am Einlass ankam, war es einundzwanzig Uhr fünfzehn, ich kam eine Viertelstunde zu spät.

Ich hatte die Zeit vergessen, oder eigentlich falsch berechnet. Jetzt rächte es sich, dass ich das Regelbuch für Freigänger nicht gründlich gelesen hatte.

Die 13

Als ich im Gefängnis ankam, nahm man mich fest.

Ich dachte, das wäre ein Scherz, aber dem war nicht so. Ich war davon ausgegangen, dass ich, als ich am Freitag eine halbe Stunde früher als sonst den Knast verlassen hatte, drei Tage, also drei mal dreizehn Stunden Freigang hätte, ich also sogar bis mindestens zweiundzwanzig Uhr zur Rückkehr Zeit gehabt hätte.

Dem sei aber nicht so, klärte mich ein höhnisch grinsender Schließer auf, es gab gute und schlechte und eben auch gemeine und böse, nur ein Abbild aller großen und kleinen Mächtigen in unserer Welt. Nur an Arbeitstagen gelten die dreizehn Stunden, aber nicht, wenn ich das Wochenende draußen bliebe. In meinem Fall wären das also einmal dreizehn Stunden für den Arbeitstag, den Freitag, und zweimal zwölf Stunden für Samstag und Sonntag gewesen, und hätte also heute um neun am Abend zurück sein müssen.

Er meinte sogar, ich hätte noch Glück, dass die Fahndung noch nicht raus gewesen sei und sagte, ich müsse nun die nächsten Nächte in der Zelle dreizehn verbringen, ich dürfte mir noch Toiletten Artikel und Schlafanzug, in Begleitung zweier Beamter, aus meinem Zimmer holen. Wie es weiterging, würde ich in den nächsten Tagen erfahren, mein Freigang sei jetzt aber erstmal zu Ende. Das sei mir nicht als erster passiert, sagte er noch, wohl um mich zu trösten, wundert mich nicht, sagte ich, das sei ja schon bald höhere Mathematik, half aber natürlich nicht.

Die Zelle hatte ihren schlechten Ruf zurecht, sie lag im Keller, fensterlos, und war ausgestattet mit einer verwanzten Matratze, einer seit Monaten nicht geputzten Toilettenschüssel ohne Brille und einem an die Wand geschraubten Waschbecken. Wie ich bemerkte, gab es die dreizehn wohl drei Mal, die anderen Zellen waren aber leer. So konnte ich mich mit niemandem unterhalten, saß die halbe Nacht auf einem unbequemen Stuhl und schlief irgendwann, als mein Adrenalinpegel endlich gesunken war, auf ihm ein. Das Licht wurde bereits von außen um 22 Uhr gelöscht. Eine Viertelstunde, sagte ich mir, das kann doch nicht so schlimm sein, aber ich verbrachte zwei Nächte und Tage in diesem verdreckten Loch und durfte es auch nicht zum Essen verlassen. In meinem Waschbeutel hatte ich eine Salami und eine Tafel Schokolade, meine Notration, und in meiner Hose ein Buch und einen Schreibblock in die Zelle geschmuggelt. Ich traute mich nicht nachzufragen, da ich Angst hatte, man würde es mir aus Bosheit nicht erlauben. Die Zellenwände waren vollgekritzelt mit obszönen Bildern und unflätigen Kommentaren, ich schrieb »die Menschenwürde ist unantastbar«. Am dritten Tag nachmittags, ich war müde, hungrig, hellwach und appetitlos, wusste vorher auch nicht, dass das möglich ist, wurde ich von zwei Wärtern zu einer sogenannten Strafkonferenz geleitet. In einem großen Raum saßen mir in mindestens fünf Meter Entfernung drei ernst schauende Männer gegenüber, die ich noch nie gesehen hatte. Der Mann in der Mitte, vorgestellt als Knastinspektor O., hielt mir meine Verfehlung vor und fragte mich, was ich zu meiner Verteidigung zu sagen hätte. Oje, dachte ich, die spielen Gericht, jetzt nur nichts Falsches sagen. Also sagte ich die Wahrheit, nämlich dass ich ausnahmsweise schon eine halbe Stunde früher, also um acht, die Anstalt verlassen und somit aus Versehen und Unwissenheit die Rückkehrzeit falsch berechnet hatte.

Das wurde mir nicht geglaubt, sie wollten es einfach nicht. Die drei Regelhüter hätten über mein Fehlverhalten nachgedacht und sind allen Ernstes zu der Überzeugung gekommen, dass ich den Verstoß bewusst herbeigeführt habe, um die Regeln auf die Probe zu stellen, um sie auf die Probe zu stellen.

Unsinn, hätte ich am liebsten gesagt, aber, keinesfalls sagte ich, wegen einer Viertelstunde, undenkbar, es war ein Versehen.

Die Herren ließen sich nicht überzeugen, es ging ihnen darum, zu strafen. Ein »es geht nicht anders« hätte ich verstanden, aber mir Absicht zu unterstellen, schlicht falsch. Mein Freigang sei bis auf Weiteres gestrichen, die Gefängnisleitung werde sich beizeiten nochmals mit meinem Fall beschäftigen und mir die weiteren Maßnahmen mitteilen. Bis dahin dürfte ich jetzt in mein Zimmer im Freigängerhaus zurückkehren, dieses aber nur zum Essen verlassen. Na toll, dachte ich, Hausarrest in einem Freigängerhaus im Gefängnis, echt bescheuert. Als ich von der Zelle dreizehn in mein Zimmer im Freigängerhaus zurückkehrte, sah es aus wie nach einem Einbruch. Man hatte es durchsucht und dabei keine Rücksicht genommen, alles lag verstreut herum, mein Bett war zerwühlt, und der Inhalt meines Kleiderschrankes lag auf dem Boden. Ich räumte auf, es waren ja nur acht Quadratmeter, und ging hinaus auf den Gang, auf dem sich einige Bekannte und Freunde tummelten. Natürlich hatten sie bemerkt, dass ich die letzten Tage nicht da war, und fragten mich jetzt, was passiert ist. Ich erzählte es ihnen und alle gaben mir Recht, dass meine Version glaubwürdig und die Behauptung der Schließer völlig absurd sei, aber so sei das hier eben, Gnade vor Recht gibts nicht im Strafvollzug.

Flieht man allerdings aus dem Gefängnis, darf man, im Falle, man wird wieder geschnappt, dafür nicht mit einer Freiheitsstrafe belangt werden, weil der Freiheitsdrang an sich nicht strafbar ist. Allerdings wird einem dann vermutlich die Möglichkeit einer vorzeitigen Entlassung wegen guter Führung gestrichen. Aus der von mir erhofften sogenannten Halbstrafe für Ersttäter wurde aber auch nichts. Vielleicht als Strafe für den Regelverstoß sagte ich zu meinem Anwalt, der aber meinte, dass das eher am Desinteresse der zuständigen Staatsanwaltschaft liegt.

Am folgenden Tag ging ich in die Wäscherei, um ein paar Bekannte zu treffen. Zwar ignorierte ich damit den Hausarrest, aber dafür hätte ich eine gute Ausrede, von wegen Wäsche zum Reinigen bringen, die bei der Durchsuchung auf den Boden geworfen und deshalb dreckig geworden war. Dann ging ich verbotenerweise in der Gärtnerei vorbei, um den einzigen Beamten zu besuchen, mit dem ich mich während der Arbeit im Knast etwas angefreundet hatte. Auch hier hatte ich mir eine Begründung zurechtgelegt, auf der Suche nach verlorenen Handschuhen, was sogar stimmte, falls man mich wegen meines unerlaubten Spaziergangs auf dem Anstaltsgelände erwischt hätte. Er riet mir nochmals, das Freigänger Handbuch durchzulesen, aber ich blieb bei der Lektüre wieder schon auf der ersten Seite stecken. Das Bürokratendeutsch war im Ton herablassend, stilistisch eines Sechsjährigen unwürdig und einfach unlesbar.

Auf dem Weg zurück ins Freigängerhaus kam ich an der Gefängnisbücherei vorbei. Der »Bibliothekar«, auch ein Beamter ohne Krawatte, klopfte an die Scheibe und winkte mich herein.

»Hallo Herr Merz, lange nicht mehr gesehen. Wie geht es Ihnen? Sie haben doch nicht etwa Urlaub?«, meinte er lachend.

»Schön wär's, aber mein Freigang ist gerade gestrichen, bin fünfzehn Minuten zu spät zurückgekommen.«

»Oha, wie ist das passiert, ist ihre Uhr stehengeblieben?«

»Nein, das nicht, ich habe das Regelbuch nicht gelesen und einen Fehler bei der Berechnung der Rückkehrzeit gemacht. Jetzt bin ich im Hausarrest.«

»Verstehe, zähe Lektüre, na das wird schon wieder, ist glaub' ich keine große Sache. Ich wollte fragen, ob es wieder mal ein paar neue Bücher gibt, wird viel gelesen in letzter Zeit.«

»Ich habe noch zwei in der Zelle, die könnte ich morgen vorbeibringen.«

»Das wäre wirklich nett, und keine Sorge wegen des Hausarrests. Ich hab' Sie ja darum gebeten«.

Schon früher hatte ich einige Bücher, die mir Frau Rademann auf Bitten des Büchereileiters im Gefängnis zu diesem Zweck mitgegeben hatte, dort vorbeigebracht. Viele der Werke sind in einem schlechten Zustand, deshalb wurden neue gerne genommen. »Die Häftlinge lesen am liebsten historische Krimis«, erzählte ich Frau Rademann, das hatte mir der Gefängnisbibliothekar gesagt, als ich ihn während einer Freistunde nach dem Essen kennengelernt hatte.

»Na wenn sich da mal die Gefangenen keine Inspiration für zukünftige Raubzüge holen«, meinte schmunzelnd und skeptisch Frau Rademann.

Die Bücherei bestand aus ungefähr zehn Regalen. Man konnte ein Buch für einen Monat ausleihen, dann musste man es zurückgeben. Die Buchführung bestand aus einem einzigen Ordner, in dem die Nummer des Gefangenen und das Ausleihedatum notiert wurden. Es gab keinen Bibliothekskatalog, lediglich ein Regal, in das die neu hereingekommenen Bücher gestellt wurden. Sonst stand alles durcheinander.

Zurück im Freigängerhaus musste ich mal wieder Salami, Zigaretten und Schokolade einkaufen, wobei ich Gino bat, doch mal etwas Abwechslung in sein Sortiment zu bringen, vielleicht mal einen guten Käse, Pecorino fände ich gut.

Ich dachte an meine Kollegen in der Buchhandlung, die nun die ganze Arbeit ohne mich machen mussten. Frau Rademann würde sicherlich enttäuscht sein, und diese Vorstellung war meine größte Strafe.

Den nächsten Tag verbrachte ich lesend in meinem Zimmer und am Nachmittag kam mich Rolf nach der Arbeit in der Gefängniswäscherei im Freigängerhaus besuchen und rauchte am Fenster einen Joint. Meine Bedenken diesbezüglich lächelte er wie immer kopfschüttelnd weg. In seiner Zelle wollte er nicht kiffen, da man das Fenster nicht öffnen konnte. Er hatte noch eineinhalb Jahre vor sich, schmiedete aber bereits Pläne für die Zeit nach seiner Entlassung. Er wolle sich in Zukunft leichtere Beute suchen, der Richter hatte ihn beim letzten Mal gewarnt, die nächste Strafe wird sehr hoch sein, und nicht mehr in einem so angenehmen Gefängnis vollzogen. Ich schlug ihm vor, es doch mal mit legaler Arbeit zu versuchen, da schläft man jedenfalls besser, wie ich nun durch meinen Vollzeitjob guten Gewissens sagen konnte. Eventuell könnte er ja bei einem Unternehmen arbeiten und als Berater die Firmen auf Schwachstellen ihres Sicherheitsapparates hinweisen, da sei er doch Experte. »Mal von der anderen Seite her gedacht«, meinte ich, und erzählte ihm, was ich einmal über die Geschichte der Sûretè gelesen hatte.

Achtzehnhundertelf wurde die Sûretè als Abteilung der Pariser Polizei gegründet und der Gangster Eugène François Vidocq vom damaligen Innenminister höchstpersönlich zu deren Chef ernannt.

Nach einem jahrelangen Leben als Soldat und Krimineller mit mehreren Gefängnisaufenthalten und etlichen gelungenen Fluchten hatte er die Hinrichtung eines Freundes aus seiner Gefängniszelle mitansehen müssen. Das gab ihm wohl zu denken, worauf er sich auf seine Kenntnisse in der Unterwelt und der Gefängnisse berufend als Spitzel der Polizei andiente.

Seine im Knast erlauschten Informationen erwiesen sich im Laufe der Zeit als wertvoll, und so kam es zu der Idee, einen Berufsverbrecher, dem die Gedankenwelt von Gangstern vertraut war und der, ohne Verdacht zu erregen, an konspirativen Treffen teilnehmen konnte, zum Chef einer Geheimpolizei zu machen. Dass keine der im Knast und der außerhalb geplanten Aktionen, die durch seinen Verrat entdeckt und vereitelt werden konnten, auf ihn zurückgeführt wurden, wunderte auch ihn selbst. Vidocq meinte dazu, dass niemand, wohl aufgrund seiner Vita, auch nur auf die Idee gekommen sei, ihn zu verdächtigen. Nachdem er aus dem Gefängnis entlassen worden war, gründete er neben seinem Job bei der Sûreté eine Privatdetektei in Paris und gilt heute als der erste Detektiv. Trotz seines wilden Lebens als Soldat, er überlebte dabei einige Schlachten ebenso wie eine Cholerainfektion, Krimineller, erster Chef der Sûreté und Privatdetektiv starb er wohl mit zweiundachtzig Jahren eines natürlichen Todes.

Ok, meinte ich, nicht unser Ding, Verrat und so, aber so weit muss man ja nicht gehen, und wer weiß, vielleicht geht da ja was, in so einem privaten, beratenden Sicherheitsunternehmen.

Und so redeten wir über die Zukunft und die Möglichkeiten, die sich einem Ex-Knacki so böten, und wie der Tag verging, leuchteten die Lichter, und am Abend fiel der erste Schnee.

Die Woche Zwangspause hatte mir eigentlich gut getan. Seitdem ich vor bald drei Jahren aus meinem Urlaub in Portugal zurückgekommen bin, kam mir mein Leben vor wie eine Kanufahrt in einem reißenden Strom. Ich fühlte mich erschöpft und spürte eine Art Muskelkater im ganzen Körper, einschließlich Kopf. Am vierten Tag des Hausarrests merkte ich, wie mich jemand schüttelte und meinen Namen rief. Es war Peter, der mir erzählte, er hätte zwei Minuten an meiner Tür geklopft und nochmal ebenso lang neben meinem Bett gestanden und mich gerufen, bis ich wach geworden bin. Ich war nach dem Frühstück in meine »Zelle« gegangen und hatte den kompletten Donnerstag bis zum frühen Abend durchgeschlafen.

Am Freitagnachmittag, ich hatte eine ganze Woche nicht gearbeitet, tagsüber gelesen und zweimal abends mit Gino gekocht, wurde ich zum Stellvertreter der Stellvertreterin gebracht. Der redete mir nun streng ins Gewissen und warnte mich davor, nochmals die Gefängnisleitung auf die Probe zu stellen. Für den Fall, dass ich einmal unverschuldet nicht rechtzeitig zurück in der Anstalt sein könnte, gebe es eine Telefonnummer, bei der ich mich zu melden habe. Mach ich, sagte ich, wenn es mir denn bewusst ist, dachte ich.

Die Geschäftsführerin der Buchhandlung hat sich bereits zwei Mal nach mir erkundigt und den Grund für mein Fernbleiben nachgefragt. Ihr wurde mitgeteilt, dass ich gegen eine strenge Regel verstoßen hätte, und dass ich in der kommenden Woche wieder zum Dienst erscheinen werde, womit dann auch meine Freigängerrechte wieder in Kraft treten. Wegtreten.

Der letzte Satz war ihm sichtlich schwergefallen, und mir war klar, dass nicht er diese Entscheidung gefällt hatte. Von Willkür kann ich nicht sprechen, denn ich hatte einen Fehler gemacht. Trotzdem empfand ich auch diese Strafe als unverhältnismäßig, da meine Erklärung für den Regelverstoß der Wahrheit entsprach, und daher für mein Dafürhalten entschuldbar war.

Lange blieb mir keine Zeit, dank Leonhard von Limoges dem Schutzpatron der Gefangenen, über diese nutzlose Machtdemonstration nachzudenken, denn in der Buchhandlung ging es rund. Die letzte Verkaufswoche vor Weihnachten hatte begonnen, und wie mir Frau Rademann erzählte, hatte sie der Gefängnisleitung vermittelt, dass ich als Arbeitskraft, wobei sie mir zuzwinkerte, unbedingt gebraucht werde. Ich war etwas angefasst, weil die Chefin für mich eingetreten war. Natürlich hatte sie vermutet, dass meine verbotenen Reisen aufgeflogen sind, aber am Abend, einige saßen noch eine Stunde zusammen im Ruheraum, erzählte ich allen, was passiert war, und auch hier erntete die Maßnahme der Gefängnisleitung nur Kopfschütteln.

Ich mochte die friedliche und freudige Stimmung dieser Zeit schon immer und hatte durch die Arbeit in einem Geschäft doch einiges über Weihnachten und seine Traditionen dazugelernt. Die lachenden Kinder auf der Rutsche und in der Spieleecke unserer Buchhandlung, der Duft nach Spekulatius, Zimt und Kerzenwachs und die Wärme verströmende Atmosphäre unserer schön dekorierten Buchhandlung sorgten in dem jeden Tag voller werdenden Haus für eine festliche Stimmung.

Der Arbeitsrhythmus blieb bis zum Ende des Jahres hoch, es wurden viele Gutscheine eingelöst, Bücher umgetauscht oder auch vom Geld des Gabentisches neue gekauft. Silvester fiel dieses Jahr auf einen Samstag, und da feierte ich dann mit Freunden ein ausgelassenes Fest, bei dem ich es, um mal richtig Dampf abzulassen, entgegen meiner Gewohnheit auch mal krachen ließ.

Die Weihnachtsdekoration sollte, so lernte ich, traditionell nach dem Kalender des Kirchenjahres noch bis zum Ende der Weihnachtszeit, vierzig Tage nach dem ersten Feiertag, bleiben. In den Kirchen und den meisten Geschäften wird dann am zweiten Februar zu Mariä Lichtmess die Krippe und der Weihnachtsbaum abgebaut. Die meisten Ostchristen feiern Weihnachten erst Anfang Januar wegen des bei ihnen geltenden julianischen Kalenders, und so war in unserem Geschäft in unserer kleinen, aber sehr internationalen Stadt Offenbach auch im Januar viel Verkehr.

Die festlichen und betriebsamen Wochen gingen dann fast übergangslos über in die Stille und Dunkelheit des Winters. Früher war ich diesem manchmal durch Reisen in den Süden entkommen, wovon ich jetzt aber nur träumen konnte. Der Februar war schon immer ein schwieriger Monat, gut, dass er so kurz ist, dank den römischen Imperatoren. Auch die Postkarte einer Freundin von den kanarischen Inseln hellte meine Stimmung nicht wirklich auf.

Kawasaki München

Der zähe Monat Februar ging endlich seinem Ende zu. Wir hatten die laue Verkaufszeit genutzt, um das Sortiment zu ordnen und die Buchhandlung einmal von vorne bis hinten und von oben bis unten durchzuputzen, um, wie es Frau Rademann nannte, wie aus dem Ei gepellt in das neue, von allen ersehnte Frühjahr zu starten. Ich hatte mit Gummihandschuhen und Schürze bewährt ein Regal gereinigt und war gerade dabei, einem Bengel zu erklären, wieso es verboten war, die Rutsche kopfüber hinunterzurasen, als mir jemand auf die Schulter klopfte.

Mit Gummihandschuhen und Rutsche

»Na, meinte mein Trommelkollege, siehst ja scheiße aus«.

»Vielen Dank« sagte ich, »kennste wohl nicht, so sieht jemand aus, der hart arbeitet«.

»Werde ich weitererzählen«, lachte er, »und vielleicht bauen dich die Neuigkeiten ja auf«. Es gibt einen neuen Auftrag, einen Gig in München wie es aussieht, ob ich dabei wäre. Noch bevor ich irgendwelche Einzelheiten wusste, sagte ich, ist der Pabst katholisch, und am kommenden Wochenende erfuhren wir dann Genaueres.

Ein Mitglied der Band, der durch seinen Job als Veranstaltungsmeister schon einige Aufträge für uns an Land gezogen hatte, war für ein Event in München als Mitarbeiter für die Bühnentechnik engagiert worden und hatte uns als Teilnehmer für eine im Juni geplante Bühnenshow vorgeschlagen. Es ging um eine Motorradmesse, auf der die Firma Kawasaki zwei neue Motorräder vorstellen wollte. Neben anderen künstlerischen Darbietungen sollte auch eine Trommelformation spielen, da in Japan die Kunst des Trommelns eine lange Tradition hat. Diese »Taiko« genannte Kunstform hat dort einen hohen Stellenwert, und nachdem wir uns ein bisschen in die Geschichte dieser Kunst eingelesen hatten, ahnten wir um die Bedeutung eines Auftritts mit Trommeln und Gesang. Kawasaki, ein japanischer Industriegigant, dessen Hauptgeschäft der Schiffsbau ist, entwickelt als kleine Nebensparte Motorräder. Auf der Messe in München sollten die zwei schnellsten Motorräder mit Straßenzulassung vorgestellt werden, die Kawasaki je gebaut hat, und die Präsentation sollte dem Anlass entsprechen. Wir waren nur eine Künstlergruppe von vielen, die ganze Show war über mehrere Stunden geplant. Unsere Vorführung sollte fünfzehn Minuten dauern, mit einem Marsch der Trommler auf die Showbühne beginnen, auf der wir dann noch einige Minuten Zeit für eine möglichst beeindruckende Nummer hätten. Das dafür angebotene Honorar war es jedenfalls.

Wir besprachen also in der Band, ob wir diese Herausforderung annehmen könnten und beschlossen, bei einer offiziellen Anfrage von Kawasaki den Auftrag anzunehmen. Nach einigen Tagen war klar, dass wir das Engagement bekommen, und wir stiegen in die Planung des Gigs ein, wobei zwei Aufgaben in den Vordergrund rückten.

Erstens mussten wir uns eine präsentable Kostümierung einfallen lassen, und zweitens ein Stück für die Bühne erarbeiten, das dem Anlass gerecht werden würde.

Da wir in der Buchhandlung eine Abteilung Reiseführer und ergänzend dazu auch alle möglichen Lernmittel für Fremdsprachen hatten, kam ich auf die Idee, einen einfachen japanischen Text zum Thema Motorräder zu schreiben, zu dem wir dann einen Rhythmus erarbeiten könnten. Nach einigen Tagen, Christine fragte im Vorübergehen, ob ich nun japanisch lerne, hatte ich folgende Zeilen zu Papier gebracht.

Ōtobai hayai	バイクは速いです
Arigatō Kawasaki,	
domo Arigatō Arigatō	
Ōtobai kirei	バイクは美しいです
Ōtobai totemo kirei	
Arigatō Kawasaki.	ありがとう川崎

domo Arigatō Arigatō
Kawasaki, Kawasaki,
domo Arigatō Arigatō
Ōtobai kirei, Ōtobai hayai
Arigatō Kawasaki
Domo Arigatō Arigatō
Banzai!. 万歳

Übersetzt, hieß das:

Das Motorrad ist schnell
vielen Dank
Das Motorrad ist schön,
Das Motorrad ist sehr schön,
danke Kawasaki,
vielen Dank
das Motorrad ist schön und schnell
danke Kawasaki
vielen Dank
Hurra!

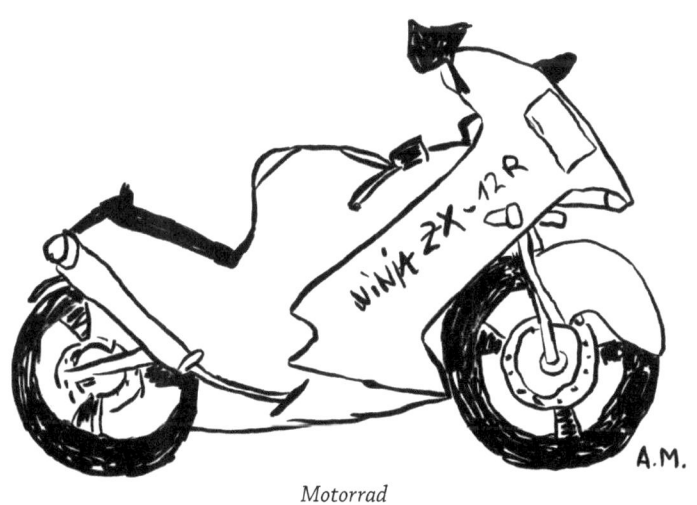

Motorrad

Zugegeben kein literarisches Meisterwerk, aber die Band fand den Text in Ordnung, für »Gaijin« wie uns, und dem Anlass angemessen. An den folgenden Wochenenden arbeitete ich mit einem Freund einen dazu passenden Groove aus, den wir uns leicht modifiziert schon mal für eine andere Nummer ausgedacht hatten, und die Proben konnten damit beginnen.

Da ich mir im Fremdwörter Lexikon »Japanisch« alle Wörter herausgeschrieben hatte, um diesen einfachen Text zusammenzusetzen, sprach ich eines Tages einen asiatisch aussehenden Herrn in der Buchhandlung an, und fragte ihn, ob er eventuell Japaner sei. Der Mann lächelte und sah mich sehr neugierig an. Ja, sagte er, er sei tatsächlich Japaner, und wie er mir behilflich sein könne. Es gehe um einen Auftritt unserer Trommelgruppe für die Firma Kawasaki in München und ich hätte einen Text auf Japanisch zusammengestellt, ohne diese Sprache zu können, und ob er ihn lesen und korrigieren könne, das wäre sehr nett. Und als er ihn gelesen hatte, sagte er, der Text sei fehlerlos, ich könnte ihn genau so lassen. Er bat mich, ihn einmal vorzulesen, wobei herauskam, dass ich das Wort Arigatō falsch aussprach. Mit der nun etwas korrigierten Aussprache setzten wir die Ensemble-Proben fort, und es würde sich mal wieder zeigen, dass ein einmal einstudierter Fehler nur schwer wieder zu korrigieren ist.

Damit hatten wir unsere erste Aufgabe gelöst und ein präsentables Hauptstück für unseren Auftritt geschaffen. Als der Sohn einer befreundeten Musikerin, der in einer Friseur-Ausbildung war, von unserem Gig in München erfuhr, bot er uns seine Hilfe an. Er strebte einen Beruf als Maskenbildner am Theater an und übte sich begeistert darin, den Musikerinnen unserer Band eine klassisch japanische Frisur zu stylen. Könnte er vielleicht mal brauchen, meinte er, zum Beispiel für die Oper Madama Butterfly. Durch den Einsatz von Schminke und Kostümen wurde die Illusion weiter verstärkt, es handele sich um japanische Frauen. Wir Männer jedenfalls waren beeindruckt von dieser überzeugenden Maskerade und Verwandlungsfähigkeit. Nach nun bald drei Monaten Vorbereitungszeit fühlten wir uns immer mehr bereit für unseren bis dahin kürzesten, aber am besten bezahlten Auftritt.

Der Tag der Messe-Präsentation der Motorräder war ein Samstag, wodurch ich meine Teilnahme hatte zusagen können. Der Regelverstoß, der bis hierhin vierte der Art, den Regierungsbezirk unerlaubterweise zu verlassen, würde mich in den am weitesten entfernten Ort führen, weshalb ich natürlich auch angespannt war. Nach all der Vorbereitung und gemachten Arbeit wollte ich diesen Gig aber unbedingt miterleben, wobei die Gage auch nicht ganz nebensächlich war.

Ich fragte nach, ob ich am Freitag bereits nachmittags um vier Feierabend machen könnte, und Frau Rademann hatte nichts dagegen. Es war das erste Mal, dass ich früher gehen wollte, und sie sah mich an, als wüsste sie genau, was ich vorhabe, insistierte aber nicht. Ich war dankbar, nicht lügen zu müssen, denn wer nichts sagt, sagt irgendwie auch die Wahrheit, ein Motto, das ich mir bei Politikern abgeschaut hatte. Sie meinte nur, dass wir uns ja hoffentlich am Montag wieder sehen werden, worauf ich munter antwortete, bestimmt. Ich freute mich jetzt schon darauf, ihr von der Reise zu erzählen, und hoffnungsvoll schickte ich stumm die Bitte, es möge alles gut gehen, Richtung Himmel. Mein Rucksack war gepackt, und nach der Arbeit ging es mit fünf Mann in einem Auto auf die Autobahn. Einige waren schon vorausgefahren, insgesamt waren wir mit unserem Maskenbildner sechzehn Leute. Die Fahrt verlief ohne größere Zwischenfälle, abgesehen von ein paar wenigen kritischen Momenten, ausgelöst durch eine Handvoll Raser.

Während die anderen aufgekratzt und, mit Ausnahme des Fahrers, Gras rauchend Rhythmen klatschten und Lieder sangen, stellte ich mir vor, wie mich ein Knastinspektor zur Fahndung ausschrieb und im Geiste eine Anklageschrift verfasste. Anstatt mich mit meiner Situation zu arrangieren, und da hatte Frau Rademann leider und ausnahmsweise mal nicht recht, fiel es mir immer schwerer, die Disziplin zu wahren, und kostete es mich jeden Tag mehr Überwindung, wieder in den Knast zurückzukehren.

Um elf Uhr abends kamen wir als Letzte auf dem Campingplatz in der Nähe des Messegeländes in München an.

Nachdem wir unsere Zelte aufgebaut hatten, tranken einige
außer mir noch ein paar Bier und rauchten ein bisschen Gras.
Wir besprachen den Ablauf des morgigen Tages und übten unsere einstudierte Nummer in launischer Stimmung mit einer dem
Ort angemessenen Art von Schuhplatteln und Tisch-Percussion
in einer dem Campingplatz angemessenen Lautstärke. Irgendwann ging ich von unserer Gruppe weg, ich wolle mir die Beine
vertreten, sagte ich, und lief ziellos über den Campingplatz. In
Wahrheit wollte ich alleine sein. Zu meiner ziemlich aufgewühl-
ten Verfassung, die Aufregung vor einem wichtigen Auftritt für
eine große Gage vor vielen Menschen, die ständige Angst davor
entdeckt zu werden, oder dass etwas unvorhersehbares Geschehen könnte, zu all den vielen nervös machenden Gefühlen ge-
sellte sich nun auch noch Wehmut, ein unaussprechliches Fern-
weh. In manchen Zelten und Wohnmobilen brannte noch Licht.

Als ich nach bestimmt einer Stunde an unseren Platz zurückkehrte, hatten sich fast alle schlafen gelegt. Zwei Freunde saßen noch am Tisch und ich setzte mich dazu. Sie sahen mich an
und Gerad sagte, ich müsse ihnen einen Gefallen tun. Ja gerne,
wenn ich es kann, sagte ich, welchen denn?

Ein Bier mit ihnen trinken, oder auch zwei, meinte Tommy.

Wir sollten um 15 Uhr in der Messehalle sein, fertig für einen
Probedurchlauf mit Aufmarsch auf die Bühne und Soundcheck.

Als wir am nächsten Tag die große Halle betraten, war auf
der Bühne eine Akrobaten-Formation auf Rollschuhen mitten in
ihrer Generalprobe. In atemberaubendem Tempo, durch Motorrad Helme geschützt, flitzten mehrere Akteure bei treibender
Musik über Rampen und Steilkurven. Ich stand staunend und
rechnete jeden Moment mit einer Massenkollision, da sich die
Wege der Rollschuhfahrer immerzu kreuzten, aber alles ging
gut. In unserer Garderobe angekommen, begannen wir sofort
mit den Vorbereitungen für unsere Probe, die ebenfalls in voller

Montur stattfinden sollte. Unser Maskenbildner machte sich an die Arbeit, wir anderen stimmten unsere Trommeln und alle feilten wir an unseren Kostümen. Nach bald zwei Stunden kam ein Mann der Technik, um uns abzuholen. Wir starteten unser Programm wie geplant am Eingang der Messehalle und marschierten, einen treibenden brasilianischen Groove spielend, durch die bestuhlten Sitzreihen Richtung Bühne. Hier unterbrachen wir kurz den Ablauf, um eine optimale Aufstellung der Band und der Mikrofone zu finden. Zum Abschluss spielten und sangen wir unsere einstudierte Nummer, und zu meiner und unser aller Beruhigung sahen wir einige japanische Offizielle lächelnd, sie sahen und hörten unsere Nummer zum ersten Mal, anfeuernd rufend und applaudierend im Zuschauerraum stehen.

Die Generalprobe war wichtig, denn wir konnten danach sehen, welche Bestandteile unserer Kostüme und Instrumente sehr beansprucht wurden, und nochmals hier und da einige Verbesserungen und Verstärkungen vornehmen. Da bis zum Auftritt noch bald vier Stunden Zeit war, schminkten wir uns ab, und alle nutzten die zwei freien Stunden zum Essen am vorbereiteten Buffet und zu einer Tour durch die Halle. Auf der Bühne waren jetzt Arbeiten im Gange, die beiden Hauptdarsteller, die zwei nagelneuen Motorräder, an prominenter Stelle so zu installieren, dass sie während der Darbietungen nicht im Wege standen, aber trotzdem immer gut zu sehen waren.

Am Buffet gab es internationale Spezialitäten, wohl entsprechend dem erwarteten Publikum und dem Selbstverständnis, der Bedeutung und Reichweite der Marke Kawasaki. Als Musiker mit Auftrittserfahrungen wussten wir, dass man sich vor einem Auftritt nicht zu viel Essen auf den Teller schaufeln durfte. Zu trinken gab es alles, zu meinem Erstaunen auch Bier, das hier in Bayern ja als Nahrungsmittel gilt. Heute durfte ich keines davon probieren, nicht wegen meines ausnahmslosen Drogenverbots, sondern weil mich Bier, obwohl es mir gut schmeckte, immer sehr müde macht. Ich glaube mein Schnuller wurde ab und an wenn ich kränkelte oder nicht schlafen konnte, ein zwei Mal in warmes Bier getunkt. Als Sohn einer Münchnerin kann ich mit Überzeugung sagen, dass der Effekt, dass mich Bier bis heute ziemlich sicher einschlafen lässt, vielleicht daher kommt, aber nicht beabsichtigt war. Immerhin ist es jetzt so, dass ich Alkohol äußerst selten und nur in sehr geringen Mengen zu mir nehme.

Die zwei Bier gestern Abend waren aber genau die richtige Medizin.

Schließlich war die Stunde unseres Auftritts gekommen. Schon beim Einmarsch in die Halle war die Atmosphäre eine ganz andere als am Nachmittag. Die Halle war voller Zuschauer, die Bühne war modern dekoriert und auf ihr standen, von Spots beleuchtet, die zwei schönen Kawasaki-Motorräder. Der Sound hatte sich, wie immer, durch die jetzt voll besetzte Halle verändert, und wir merkten, dass wir nochmal ein paar Prozent mehr Energie in unser Spiel legen mussten. Auf der Bühne angekommen, sahen wir in den ersten Reihen im Publikum viele asiatische Gesichter. Wir zählten den Takt ein, und im ersten Augenblick, mit dem ersten Schlag der Trommeln sprangen vor allem die japanischen Zuschauer von ihren Sitzen auf und blieben bis zum Ende des Stückes stehen und applaudierten wie wild. Wir verbeugten uns und gingen ohne ein weiteres Wort von der Bühne.

Trommelgruppe

Der Auftritt hatte keine fünfzehn Minuten gedauert. Als wir wieder in unserer Garderobe ankamen, redeten alle durcheinander, die Anspannung fiel ab und die Freude war groß, dass alles gut gegangen war.

Ich stand zufällig gerade an der Tür, als es klopfte. Vor mir stand ein älterer japanischer Mann, im schönsten und wahrscheinlich teuersten Anzug, den ich jemals gesehen hatte. Er verbeugte sich und sagte lächelnd, in der von uns benutzten Intonation »Arigatō«, und es war klar, dass wir es falsch ausgesprochen hatten, er es aber sehr charmant und mit verschmitztem Gesichtsausdruck kommentierte. Als ich ihn mit einer Geste einlud, in unsere Garderobe zu kommen, sah er hinter mir die sich gerade mit Abschminken beschäftigten nur noch halb bekleideten Frauen, schlug die Augen nieder, lächelte, bedankte und verbeugte sich erneut, und ging. Er war der Europa-Chef von Kawasaki, wie sich später herausstellte.

Noch vor dem Ende der Veranstaltung fuhren einige von uns nach Offenbach zurück, da ich am Sonntagabend zurück in der Haftanstalt sein musste. Ich schlief ein paar Stunden bei einem Freund und verbrachte den Sonntagnachmittag wie so oft in einem Waschsalon, um sozusagen mit blütenreiner Weste am Abend in meinen Bußetempel zurückzukehren. Vorher gönnte ich mir noch einen Besuch in meinem Lieblingsgasthof, und damit war es das perfekte Wochenende. Völlig erledigt kam ich zwanzig Minuten vor der Zeit in die Anstalt zurück. Es war schon eine ganze Weile her, dass ich zur Drogenkontrolle mitgenommen wurde, ich glaube, sie hatten es bei mir endlich aufgegeben. Der Wärter im Eingangsbereich sah nur kurz in meine Tasche voller frischer Wäsche und ging dann wieder Tatort gucken. Es war schließlich Sonntagabend, und die konstruierten Fälle der im Fernsehen gezeigten Krimis waren sicher spannender und jedenfalls nicht so bürokratisch und banal wie diejenigen in seiner und meiner Realität.

Langsam näherte ich mich dem Zeitpunkt der sogenannten Halbstrafe. Mein Anwalt hatte den Antrag dazu bereits fristgerecht bei der zuständigen Staatsanwaltschaft gestellt, weil, so dachten wir, die Chancen auf Freilassung auf Bewährung nach Hälfte der verbüßten Strafe bei Ersttätern eigentlich nicht schlecht sein sollten, auch wenn meine Führung nicht astrein war, wovon die Justiz aber natürlich nichts wusste. Aber die Staatsanwaltschaft ließ nichts von sich hören. Auf mehrmaliges Nachfragen wurde aufgrund Arbeitsüberlastung vertröstet, und nach einem weiteren Monat ein psychiatrisches Gutachten zu meiner Person eingefordert, das als Voraussetzung für eine Entlassung auf Bewährung für Täter mit Drogenbezug obligatorisch sei und erst angefertigt werden müsse. Ein Termin dafür könne noch nicht vergeben werden wegen zeitlicher Engpässe, der zuständige Staatsanwalt meinte, man möge von weiteren Nachfragen absehen, er würde sich dann melden.

»Kann man nicht mehr machen«, sagte mein Anwalt, »Hab' ich mir schon gedacht«, sagte ich.

So verging der Sommer und in der Buchhandlung begannen die Vorbereitungen für die Währungsumstellung im Januar 2022, als Sabine ganz aufgeregt in den Wareneingang gestürmt kam und meinte, ich solle sofort mitkommen ins Büro unserer Chefin. Natürlich dachte ich sofort nur an meine eigenen Verfehlungen, aber was dort im Fernsehen zu sehen war, verschlug uns allen die Sprache. Das World-Trade-Center in New York stand in Flammen und stürzte in sich zusammen.

Die nächsten Tage und Wochen standen ganz im Schatten dieser schrecklichen Anschläge in den USA und in die Trauer mischten sich Unverständnis und Angst.

Einige der jungen Buchhändlerinnen sprachen noch Wochen danach darüber, sie suchten nach einer Erklärung.

In dieser Zeit kam das Schreiben der Staatsanwaltschaft bei meinem Anwalt an, indem man mich aufforderte, einen ersten Termin bei einem Psychiater wahrzunehmen. Ort und Zeit wurden genannt, dass ich diesen selber bezahlen musste, teilte man mir nicht mit. Die Rechnung über 765 € kam erst vier Monate später, im Februar 2002, nach dem das Gutachten fertig und die Währungsreform bereits vollzogen war. Zu D-Mark-Zeiten inspizieren, zu Euro-Zeiten bezahlen. Nicht schlecht für einen oder zwei Tage Arbeit dachte ich.

Mein Vater gab mir das Geld und ich überwies den gesamten Betrag, in der Hoffnung, nie wieder von irgendeiner Staatsanwaltschaft zu hören.

Ich verbrachte genau sieben Stunden beim Gutachter, in denen er mich nach einem persönlichen Gespräch erstmal Hunderte Fragen beantworten ließ, die ich an einem Monitor per Mausklick bearbeitete. Nach der Mittagspause, er empfahl mir einen Schnellimbiss im Ort, ging es am Nachmittag weiter. Eigentlich hatte ich wirklich Spaß an der Sache, war mal eine Abwechslung und wann wird man schon mal von einem Psychiater untersucht. Am späten Nachmittag setzten wir uns nochmal an einen Tisch, und er meinte, dass ich wie die meisten Menschen mit einem IQ über dem Durchschnitt, danke dafür, und obwohl ich heterosexuell bin, das stimmt sicher, einen höheren weiblichen Anteil an Eigenschaften als der durchschnittliche Mann aufweise. Ob ich eine Idee hätte, wie diese noch vorläufige Einschätzung zustandegekommen sein könnte. Nachdem ich darüber nachgedacht hatte, meinte ich, dass vielleicht meine Antworten als Journalist lieber im Kulturbereich als im Sport zu arbeiten, oder lieber in einer Buchhandlung als in einer Mechanikerwerkstatt, so eine Tendenz gestärkt haben könnten.

»So ist es«, sagte er, stand auf und gab mir zum Abschied die Hand. Seine Beurteilung würde er in zwei bis drei Wochen der Staatsanwaltschaft und meinem Anwalt zukommen lassen, aber er könne mir jetzt schon sagen, dass er ein positives Bild habe. Er wünsche mir alles Gute für die Zukunft und dass wir uns hier nicht nochmal wiedersehen. »Danke«, sagte ich, und machte mich auf den Weg.

Nach drei Wochen meldete sich die Anwaltskanzlei und bat mich um einen Besuch. Der Chef und Seniorpartner der Kanzlei saß mir in seinem beeindruckenden Büro gegenüber. Sehr selten habe er ein derart gutes psychiatrisches Gutachten gelesen, meinte er, zugewandt, alert, emphatisch stehe da, konzentriert bei der Sache, von abweichendem, auffälligen Verhalten keine Spur, keinerlei Hinweise auf Drogen oder andere Abhängigkeiten, sehr gute Sozialprognose u. s. w., beendete er seine kurze Zusammenfassung des einige Seiten langen Gutachtens. »Sie können ruhig weiter vorlesen«, meinte ich, »tut gut, mal was Positives über sich selbst zu hören.« Er lachte und sagte, dass er mir eine Kopie machen lässt und die Kanzlei nun den Antrag auf vorzeitige Haftentlassung stellen wird. Mit etwas gutem Willen der Staatsanwaltschaft könnte ich schon vor Weihnachten auf Bewährung entlassen werden.

Am nächsten Tag berichtete ich Frau Rademann von dem Gutachten und dem Gespräch, und sie freute sich ehrlich mit mir. Falls es zu einer vorzeitigen Entlassung käme, würde sie sich wünschen, dass ich über Weihnachten und bis in den März hinein weiter in der Buchhandlung arbeiten könnte wegen der vielen Arbeit. Die Geschäftsführung und sie würden mir für den Fall, dass ich in der Buchhandlung bleiben wolle, einen Ausbildungsvertrag anbieten, denn ich hätte Talent bewiesen für den Buchhändlerberuf und den Umgang mit Kunden. Ein sehr nettes Angebot, ich würde es mir überlegen, und bis März nächsten Jahres wäre ich auf jeden Fall dabei.

Ich wurde dann am ersten Dezember 2001, nach zweieinhalb Jahren Freigang, auf Bewährung aus der Haft entlassen. Mein Bewährungshelfer riet mir, das Ausbildungsangebot der Buchhandlung anzunehmen, aber irgendwie war ich ich geblieben, wenn auch um einige gute und schlechte Erfahrungen reicher. Die Arbeit machte durchaus Spaß, die Kolleginnen waren super, von der Chefin ganz abgesehen, doch meine Pläne und Träume gingen in eine andere, selbstständige Richtung. Es ist ein überwältigendes Gefühl der Freiheit, nach der Entlassung aus der Haft wieder selbstbestimmt über seine Zeit zu verfügen und entscheiden zu können, was man wann und wo tut, weshalb ich mir auch in diesem Moment nicht vorstellen konnte, im selben Rhythmus weiterzumachen wie während meiner Haft.

Die Arbeit in der Buchhandlung war meine Stütze in dieser belastenden Zeit, aber sie hing eben auch mit ihr zusammen, und ich wollte damit anfangen, sie zu vergessen.

Erstmal arbeitete ich weiter in der Buchhandlung. Nach der Umstellung auf den Euro kamen einige Kunden mit alten fünf Mark Münzen aus Silber in das Geschäft, um mit ihnen zu bezahlen. Nach Rücksprache mit Frau Rademann nahmen wir diese als Zahlungsmittel an, und so haben einige von uns eine silbrige Erinnerung an die Zeit nach der Währungsumstellung. Ich trage eine der Münzen oft bei mir, als Erinnerung an die ersten Wochen in Freiheit. Nach dem üblichen Weihnachtstrubel und dem reinigenden geruhsamen Februar verließ ich Ende März das Geschäft. In den folgenden Jahren arbeitete ich manchmal als Aushilfe während betriebsamer Zeiten mit.

Noch einmal im Streifenwagen

Ein halbes Jahr nach der Entlassung auf Bewährung und zwei Monate, nach dem ich die Buchhandlung verlassen und eine vierwöchige Reise ans Meer gemacht hatte, fand ich einen ersten kleinen Job als Musikcoach in einem Jugendzentrum, ein erster Schritt. Um das zu feiern, ging ich in eine von Kunststudenten frequentierte Kneipe und setzte mich an den Tresen neben eine asiatisch aussehende junge Frau, die im selben Moment aus einem gerippten Glas einen Schluck Apfelwein trank und ihr Gesicht zu einer Grimasse verzog. Ich lachte und sagte, dass ihr Apfelwein wohl nicht schmecken würde. Nein, sagte sie auf Englisch, schmeckt wirklich schrecklich. Wir kamen ins Gespräch und sie erzählte mir, dass sie aus Peking stammt und hier an der Kunstschule studiert. Ein weiter Weg, merkte ich an, wie sie darauf gekommen ist. Nun, sie hat im Internet geforscht, und neben Paris, Wien, London und New York wurde die Offenbacher HFG als eine der renommiertesten Kunstschulen genannt. Nach einem Vergleich der Lebenshaltungskosten fiel die Entscheidung nicht schwer und sie sei froh, hier angenommen worden zu sein. Wir saßen noch eine ganze Weile zusammen, als mich ein dunkelhaariger Mittdreißiger Deutscher fragte, ob ich was zu kiffen hätte. Nein, sagte ich, aber gegen eine Einladung hätte ich nichts einzuwenden. Drei Tage später ging ich wieder in die Kneipe, es war Wochenende. An den Tresen saß wieder die Studentin aus Peking, vor sich diesmal ein großes Glas Apfelwein. Na, lachte ich, schmeckt er jetzt doch?

Nein, sagte sie, immer noch nicht, aber der Drive, wie sie es lächelnd nannte, sei einmalig.

Es war Mai, und einige Leutchen standen vor der Kneipe, es war warm und es duftete nach Frühling. Man bot mir einen Joint an, es war der erste seit bald fünf Jahren, den ich dankend annahm. Wir standen zu viert im Kreis, als ich am Joint zog und hinter meinem Rücken vier uniformierte Polizeibeamte auftauchten. Einer von Ihnen war der dunkelhaarige Mann, der mich drei Tage zuvor nach was zu kiffen gefragt hatte. Na, meinte der älteste von ihnen, dann mal bitte alle Taschen leeren, die Ausweise zeigen und uns auf die Polizeistation begleiten.

Ich saß auf dem Rücksitz des Streifenwagens, sagte kein Wort und dachte darüber nach, ob ich meinen Bewährungshelfer anrufen sollte, aber entschied dann doch lieber, erstmal abzuwarten. Sie hatten kein Hasch bei mir gefunden, und ich musste wieder an den Spruch meines Freundes denken, jemanden den sie aufgehängt haben, peitschen sie nicht noch aus. Na hoffentlich, dachte ich, und war merkwürdigerweise irgendwie gelassen, ob wegen meiner Knasterfahrung oder dem einen Zug am Joint, kann ich nicht sagen. Der Beamte, der mich nach was zu kiffen gefragt hatte, fuhr den Wagen und sah mich im Rückspiegel an. Ich hielt seinem Blick stand und verkniff mir jede Bemerkung. Auf der Wache sollte ich mich auf eine Bank setzen, die Beamten hatten meinen Ausweis und ich wartete bald zwanzig Minuten, während lautes Geschrei und Tumult aus einem Nebenraum zu hören war. Ich wurde jetzt doch etwas nervös und versuchte mir vorzustellen, welche Konsequenzen nun folgen könnten, als die Tür aufging und ein

Beamter eintrat. Er sagte, sie hätten natürlich ins große Buch geschaut, aber der Vorfall heute hätte für mich keine Folgen. In Gegenteil, sagte er, und er spräche auch für seine Kollegen, wäre es sehr angenehm, mal einen Delinquenten meiner Art kennen zu lernen, der sich nicht wie ein Verrückter aufführt. Er reichte mir meinen Ausweis und sagte »Sie können jetzt gehen, und noch einen schönen Abend.«

ENDE

An dieser Stelle möchte ich Danke sagen,

meinen Eltern für ihre Loyalität und ihr Verständnis, meinen Brüdern Oliver und Thomas für ihre immerwährende und uneigennützige Hilfe und brüderliche Liebe, während dieser nicht einfachen Zeit.

Danken möchte ich auch den Mitgliedern der Batucada Band »Bab ane Zame«, die mir eine große seelische Hilfe während der Zeit des Freigangs waren.

Ein herzliches Dankeschön geht auch an die Buchhandlung Gondrom, die Geschäftsleitung in Kaiserslautern und die Geschäftsführerin der Filiale in Offenbach, die es mir in unvoreingenommener Manier ermöglicht haben, in meiner Zeit im Freigang einer sinnvollen Tätigkeit nachzugehen, durch die ich etwas dazulernen und wachsen konnte. Ich danke auch den Buchhändler-innen mit denen ich arbeiten durfte, die mir von Anfang an vorurteilsfrei begegnet sind und im Geschäft immer für mich da waren.

Für die technische Bearbeitung meiner Zeichnungen möchte ich mich bei Christopher Fellehner, für die kreative Hilfe und Gestaltung des Buchcovers bei Rafael Jiménez bedanken.

Dankbar bin ich auch Freunden, für die dieses Thema eigentlich keines war, und die mich dafür nie verurteilt haben.

Der Autor

Achim Merz wurde am 9. Mai 1962 in Frankfurt
am Main geboren. Nach dem Abitur begann er
das Studium der Soziologie und Volkswirtschafts-
lehre, hat diese jedoch vor dem Examen abgebrochen. Es folgten diverse Jobs und Anstellungen
bei Gärtnern, in Druckereien, oder betreute unter
anderem über 3 Jahre die Kunstsammlung einer
Bank. Danach war er für den Südwestdeutschen
Rundfunk (SWR) als Landesschaureporter tätig. Als
Freigänger aus dem Gefängnis hat er zweieinhalb
Jahre in einer Buchhandlung gearbeitet. Nebenbei
absolvierte er zahlreiche Jobs als Musiker, unter anderem in Jugendzentren, Schulen und Kitas. Privat
ist er heute als Klavierlehrer tätig.

novum VERLAG FÜR NEUAUTOREN

Der Verlag

Wer aufhört besser zu werden, hat aufgehört gut zu sein!

Basierend auf diesem Motto ist es dem novum Verlag ein Anliegen, neue Manuskripte aufzuspüren, zu veröffentlichen und deren Autoren langfristig zu fördern. Mittlerweile gilt der 1997 gegründete und mehrfach prämierte Verlag als Spezialist für Neuautoren in Deutschland, Österreich und der Schweiz.

Für jedes neue Manuskript wird innerhalb weniger Wochen eine kostenfreie, unverbindliche Lektorats-Prüfung erstellt.

Weitere Informationen zum Verlag und seinen Büchern finden Sie im Internet unter:

w w w . n o v u m v e r l a g . c o m